彼を知ったのは一年の時
一目ぼれなんて友達にも言えなかった
見てるだけで十分だった
そんな私に神様は最後のチャンスをくれたのかな
高校3年四月
向かった教室に彼がいた——

JN180133

安西さんって恋人とか好きな奴とかいる？
ボッ
え…
いっいません！
いや違います！あれこれも違う
プッ
安西さんテンパりすぎ
ほっ本城君はどうなんですか？
笑わないで下さい！
…俺も同じ
彼女はいないよ
好きな人は…
多分…いる
苦しい
本城君に好きな人がいると思うだけで
でも…
それでも本城君が好きです

事故の事とか聞いたんだろ？
…本当なの？
美夜が
ああなったのは俺のせいだし
あいつが夢を諦めたのも
俺のせい
あんな事してごめん
だからこないだの事は忘れて欲しい

あんな事って抱きしめたこと？
一緒に花火を見たこと？
ライブに行ったこと？
いっぱい優しくしてくれたこと？
…無理だよそんなの
だって
私は本城君の事好きなの
この想いはもう届かないのかな

野いちご文庫

わらって、すきっていって。

夢雨

STARTS
スターツ出版株式会社

わらって、すきっていって。

Characters

Natsuki Honjo

幼なじみ

本城《ほんじょう》夏生《なつき》

高1から陸上部で、インターハイに出場することも。猫が好きな爽やかイケメン。

Miyo Takeuchi

竹内《たけうち》美《み》夜《よ》

本城の幼なじみ。他校に通う美少女。事故がきっかけで車いすで生活している。モデルになるのが夢だった。

Komachi Anzai

親友

片思い

Eriko Ogino

荻《おぎ》野《の》英《え》梨《り》子《こ》

小町の親友。大人っぽい美女だが、毒舌。霧島とは犬猿の仲。

犬猿の仲

幼なじみ

Chihiro Kirishima

霧《きり》島《しま》千《ち》尋《ひろ》

幼稚園の頃からの小町の幼なじみ。じつはずっと小町のことが好き。

安《あん》西《ざい》小《こ》町《まち》

高1の夏、本城にひとめぼれしてからずっと片思い。いたって普通の高3。

あのね、本城くん
照れたときに下がる眉も
襟足に触れる柔らかい髪も
笑ったときに覗く八重歯も
遠くから見ているだけで
十分だったよ
でも、ほんとはね
ほんとは、どうしようもなく
ひとり占めしたかった
「……ごめん」
ねえ、本城くん
そんな顔をしてほしくて
好きになったわけじゃないの
ごめんね

夢雨
わらって、すきっていって。
Please say I love you with a smile.
authored by Muu

プロローグ

彼のことを知ったのは一年生のときだった。

あれはとても暑い夏の日。委員会で遅《おそ》くなったところ、たまたま通ったグラウンドで見かけたのが、始まりだった。

顔をくしゃくしゃにして走る人だった。他の部員はもうすでに帰っているというのに、ひとり残って黙々《もくもく》と走っている──その姿に、なんだか無性に惹《ひ》かれた。

名前は知らない。クラスもわからない。

でも、学校で何度か彼の姿を見かけたときに履《は》いていた上靴《うわぐつ》が同じ青色だったから、同じ学年だということはわかった。

〝陸上部の彼〟。心の中でそう呼んで、ひっそり好きでいた。

ひと目惚《めぼ》れだなんてなんだかバカにされる気がして、友達にも言えなかった。彼を好きなこの気持ちを、ひとり占《じ》めしていたかった。

全校集会で見かけた。

廊下《ろうか》ですれ違った。

放課後、走っている姿を見ることができた。

たったそれだけのちっぽけな出来事で、このうえないほど幸せな気持ちになれる。

世界がみるみる色づいていく。

恋は不思議。恋は、まるで魔法《まほう》。そして彼はきっと魔法使い。

彼とすれ違う瞬間《しゅんかん》なんて、どうしてか、いつも息を止めちゃうんだもん。おかしいでしょう。

このままずっと見ているだけで十分だって、そんなふうに思っていたわたしに、神様は最後のチャンスをくれたのかな。

高校三年生、四月、新学期。向かった教室に——彼が、いた。

食べかけドーナツ

話を聞くとき
少し首を傾《かし》げるのが
好き。

本城夏生《なつき》というらしい。彼の名前。

すてきな名前だと思った。こんがり焼けた褐色《かっしょく》の肌にとてもよく似合う。

本城夏生くん。夏生……、夏に生まれたのかな？　それはちょっと単純に考えすぎかな？


「あんこ、なにやるか決めた？」

ぱきっとした声に顔を上げると、見るからに気の強そうな美人が、かったるそうに唇《くちびる》を突《つ》きだしていた。去年から同じクラスのえっちゃんだった。短いスカートからすらりと覗く細い脚《あし》と、耳元で輝《かがや》く青いピアスに、最初に会ったときはかなりびびっていたなあと思いだす。なによりこの圧倒的《あっとうてき》なオーラ。自信を具現化《ぐげんか》したようなこの態度は、真の美人のえっちゃんにしかきっと許されない。

「ううん。えっちゃんは？」

「あたしは美化委員。ラクそーだから」

言いながら、えっちゃんがおどけたように笑う。同時に真っ黒な直毛の髪《かみ》が揺《ゆ》れる。つややかな、その美しい髪からは、いつも華《はな》やかなシャンプーの香りがしている。

「あんこも美化にすれば？　取られちゃうよ。早いもん勝ちなんだから」

新学期が始まって最初のＨＲ《ホームルーム》は、クラス全員での委員会決めだった。黒板にずらっと書かれた委員会名の下に、自分の名前を書いたものからハイ決定、という簡単な決め方。「おまえら全員もう子供じゃないんだからすんなりいくだろ」と面倒《めんどう》くさがりの担任が言ったのだった。

もちろん、ブーイングも出た。もっときちんと決めるべきだって。しかし、それならクラス委員から順番に立候補で決めていくかというい じわるな質問には、誰も賛成しなかった。

委員会は図書委員以外のすべてが、一クラスからふたりずつ選出されることになっている。そのうちほとんどが女子ふたり、男子ふたりでも可能なので、仲のいい友達同士で名前を連ねている生徒も少なくなかった。えっちゃんの言う美化委員のところには、すでに他の男子が名前を書いてしまっていた。もしかしたら、美人なえっちゃんを狙《ねら》っているのかもしれない。

本城くんはなににするんだろう？　どこに名前を書くんだろう？　ふとそんなことが頭に浮かんでしまい、そうしたら止まらなくなった。

隣《となり》に名前を書きたい。同じ委員会になりたい。でも、本城くんだって友達といっしょに決めるかもしれない。それに、挨拶《あいさつ》すらまともにしたこともないわたしが、そんなあからさまなことできるわけがないし……。

「……わたし、あまったのでいいや」

手のひらにじんわり汗《あせ》をかいているのに気づかないふりをしながら、なんでもない顔をして言った。

えっちゃんが「相変わらずだなあ」とあきれたように笑う。その間にも、わたしの視線はずっと一点に釘付《くぎづ》けだった。

本城くんはとくに周りの目を引く存在っていうわけではない……と、思う。彼より顔立ちがきれいな人も、背の高い人も、うちの学年にはきっといる。それに、突拍子《とっぴょうし》もない面白いことを言って目立つわけでも、場のムードメーカーになるわけでもない。

たぶん彼は、自分が話すより、誰かが話しているのを聞くのが好きなタイプ。さっきから友達の話をうんうんと聞いては、ときおり目を伏《ふ》せて笑っていて、その仕草《しぐさ》がすてきだなあって。

やっぱりかっこいいよ、本城くん。わたしの中では世界一だ。

「ねえあんこ、誰見てんの？」

「ひあ⁉」

すっかり本城くんに占領《せんりょう》された脳内《のうない》にいきなりそんな言葉が落ちてきたものだから、おかしな声が出てしまった。

「いやあ、さっきからふにゃっとした顔で一点集中してるからさあ。あのへんかなー？」

えっちゃんがニヤニヤを隠《かく》そうともしないで本城くんのほうをビシッと指差した。

当たっているからなんとも言えない。えっちゃんは……ほんとに鋭《するど》い。

「守田《もりた》？」

「ち、違《ちが》うっ」

「野間《のま》？」

「違うっ」

「えー。じゃあ、本城？」

「ち、違……う……うう」

上手くうそをつける人間に生まれたかった。うそはよくないけど、今回ばかりは心からそう思った。

「ほう?」

えっちゃんはわざとらしく頬杖《ほおづえ》をつき、さっきよりいっそうニヤニヤを強めながら本城くんとわたしを交互《こうご》に見る。これは、ダメだ。完全にバレてしまった。最悪だ。

いや、いつかバレるだろうとは覚悟《かくご》していたし、そうでなくてもいずれえっちゃんには言おうと思ってたんだけどさ……。

「いいじゃん」

えっちゃんはあっけらかんと言った。

「性格よさげだし。健康的な好青年って感じ? あんこってああいうのが好きなんだねえ」

ああいうのって? つられてまた本城くんを盗《ぬす》み見そうになるけど、えっちゃんにからかわれるだろうからやめておく。

「もう、そんなに心配しなくても誰にも言わないって! また今度、ゆっくり話聞かせてよ?」

「うん……」

話、といっても、走っているところを見て、ひと目惚れして、今年たまたま同じクラスになりました、ってだけなんだけどな。

こないだまで名前すら知らなかった。そんなことを言ったら、えっちゃんはこのうえなく面白がりそうだ。

「おーい、まだ名前書いてないやついるかー?」

なだめつつもやっぱり口元が緩《ゆる》みきっている黒髪美人に頭を撫《な》でられながら、机《つくえ》に突っぷしてうなだれていると、先生の大きな声が聞こえた。顔を上げるともう黒板の前には誰もいなかった。しまった!

「は、はいっ。書いてないです!」

勢いよくガタッと音を立てて立ちあがったわたしに、いっきにクラス中の視線が集まった。思わず視界の端《はし》で確認する。本城くんのほう。さすがに真正面から直視する勇気はないけど……。

案《あん》の定《じょう》、本城くんもこっちを見ていた。悲しい。こんなふうにかっこ悪い姿で彼の視界に入りたいわけではなかった。

「お、安西《あんざい》だけか。もう保体委員しか残ってない……な。保体でいいか?」

「は、はい! なんでもどんとこいです!」

「おお、そりゃ頼《たの》もしいな。じゃあ保体委員、よろしくな。本城といっしょに」

「はいっ!」

……はい?

ホンジョウ。今、ホンジョウって言った？　聞き間違いじゃない？

おそるおそる前方を確認する。心臓《しんぞう》がどくどく脈《みゃく》打っている。先生の言い間違いではなかったし、わたしの聞き間違いでもなかった。そこにはたしかに、〝保体男子〟の下に、〝本城〟と書かれていた。

……まさか、うそでしょ？

あれが本城くんの字。ちょっと角ばった几帳面《きちょうめん》な字。少しだけ右上がりになっている〝本城〟の、その隣に、先生の字で〝安西〟。

「じゃあ今年一年、これでいくからなー。後期また決め直すの面倒だし。つーか委員会なんてとくにやることもないしな」

目の前がチカチカしている。今年一年、本城くんと、同じ委員会……？

先生は他にもなにかしゃべっていたような気がするけど、そんなの耳に入ってくるわけがなかった。恐ろしい速さで動いている、自分の心臓の音しか聞こえない。

「よかったじゃん、あんこ！」

「ちょっとえっちゃん、声大きい……！」

よかった。

いや、よくない。

嬉《うれ》しいような、そうでもないような、なんともいえない感じ。寒いような暑いような感じ。

委員会決めも無事に終わり、クラスメートたちが雑談をする中、本城くんのほうに目をやると、意図《いと》せずばちっと目が合ってしまった。たぶん本城くんは、今初めて、わたしという存在を認識したはずだ。

焦《あせ》る。手のひらが汗でびちょびちょになり、顔じゅうの筋肉《きんにく》がカチコチに固まった。だって、ずっと好きだったのだ。ずっと見ていたのだ。そんな彼が、今、わたしを見ているのだ。しかも同じ委員だなんて、夢だと言われたほうがずっと納得できる。

たぶん、悲しいほど変な顔をしていたと思う。そんなわたしに三メートル向こうの本城くんは遠慮《えんりょ》がちに微笑《ほほえ》み、ぺこっと小さく頭を下げた。

あ、もうダメ。心臓が爆発《ばくはつ》する。

どうすればいいのかあまりにもわからなくなり、思いきり頭を下げると、勢いあまって机におでこが激突した。ゴン、という鈍《にぶ》い音がして、同時に本城くんが「ぶっ」と笑った。最悪だった。しょっぱなからもう消えたい。

今年度最初の委員会は四月の半ばに行われた。本城くんといっしょの委員会、浮《う》かれていないわけがない。でも、そんな気持ちを悟《さと》られないよう、平静《へいせい》を保つのにせいいっぱいだった。帰《かえ》り支度《じたく》をゆっくりしているのはわざとだった。なんとなく、はりきっていると思われたくなかった。

本城くん、先に行ったかな。いっしょに行くのはさすがに緊張《きんちょう》するから、ここは別々に行きたいところだな……。

「安西さん」

それなのに、本城くんはわたしの気持ちなんかひとつもおかまいなしに、とても普通《ふつう》に話しかけてきた。というか、本当に自然すぎて信じられないけど、初めて話しかけられた。

どうしよう。顔、上げられない。

「あ、あの、わたしまだ支度できてないし……先に行っていただいて……」

なんなの、この情けないしゃべり方は！

「うん？　待ってるからぜんぜんいいよ。せっかくだしいっしょに行こう」

なにがせっかくなんだろう。

初めてこんなに近いところで聞く本城くんの声。低く澄《す》んだそれは、とても柔らかい色をしていた。優しい人なんだというのが、たったこれだけで十分すぎるほどに伝わってきた。

それに比べ、まったく顔を上げないわたしは、たぶんいやなヤツなんだろうな。目を見て話したいのはやまやまなんだけど、こんなに至近距離《しきんきょり》で目が合ってしまったら、わたしきっと三秒ももたずに死んでしまう。

視界の右端にある彼の上靴はわたしよりもうんと大きくて、教科書を持つ手がどうしても震《ふる》えた。

「ま、待っててくれてありがと、う……」

「ん、準備できた？　じゃあ行こうか」

うわ、どうしよう、わたし今、あの本城くんとしゃべっているんだ。夢みたい。

一歩前を歩く彼の襟足を見て、胸の奥がきゅんとした。近くで見ると、思っていたよりもずっと背が高い。

保体の委員会は三年七組の教室で行われる。同じ階だから近いといえば近いが、その道のりは果てしなく長かったように思う。逆に一瞬だったような気もする。心も体もどうしようもなくふわふわしていて、足元がおぼつかなくて、前を歩く本城くんについていくのでせいいっぱいだったのだ。

いつの間にか教室に到着《とうちゃく》していて、クラスごとに隣同士で座らされた。つまり、今、本城くんがわたしの左側に座っているということだ。

普段の教室と違って机がぴったりくっついている。すごく近い。すぐ隣、もう少しで触《ふ》れてしまうような距離に本城くんの肩《かた》がある。体中がどくどくした。顔がほてる。どうしようもなく熱い。それなのに指先《ゆびさき》だけが妙に冷たくて変な感じ。

鼓動《こどう》の音が彼に伝わってしまっているような気がして、そしたらもっとどきどきして、悪循環《あくじゅんかん》。委員会が終わるまで生きのびられるかな……？

「……あのさ。もしかして、俺のこと怖い？」

本城くんが唐突《とうとつ》に言った。思いもよらないセリフだったので面食らってしまう。

「えっ？」

「安西さん、ずっとびくびくしてるからさ。目つき悪いってよく言われるし、もしかして怖がられてんのかなと思って」

いいえ！　むしろあなたのことが大好きなんです！

……とは、さすがに言えないな。言えたらきっと楽だけど、ぜったいに無理。

声を出すかわりにぶんぶんと首を横に振るわたしを見て、本城くんは少し首を傾げて、小さく笑った。

「自分で言うのもなんだけど、たぶん俺、見た目ほど怖くないよ」

「そんな、見た目も怖くないですよっ」

「あはは、敬語！　安西さんって面白いよな。こないだも思いっきり机に頭ぶつけてたろ」

そんなことは覚えていてもらわなくてよかったのに。

「いや……あれは、事故で……」

頼りなく口の中で消えていくわたしの苦しい言い訳を聞いて、本城くんがからから笑った。

笑っている。本城くんが、わたしに笑いかけてくれている。

くしゃっとなる目元と、口元から覗く八重歯がかわいくって、思わず両手をぎゅっと握《にぎ》りしめた。うっかり手の力を緩めたら教室ごと爆発する気がした。

本城くんの顔や、腕《うで》、仕草。こんなにちゃんと見るのって、初めてかもしれない。ずっと、走っている姿しか知らなかった。ときどきすれ違ったりしても恥ずかしくて目を逸《そ》らしていた。奇跡《きせき》が起こって同じクラスになったけど、へたれのわたしはやっぱり遠くから見ているだけだった。そう、今まで、こんなふうに近くで見たことなんか一度だってなかったのだ。

横目でチラチラと盗み見るたびになんだか悪いことをしているような気分になる。

「ほ……ほんとにね、怖いなんて思ったことないよ。走ってるとこ、何回か見かけてたから。陸上部……だよね？」

勇気を振りしぼって言ってみた。本当はわざわざ遠回りしたりして見にいっていたんだけど、それは口が裂《さ》けても言わないでおこう。

「そうそう、長距離やってるんだよ、俺」

本城くんの日に焼けた顔がぱっと明るくなる。

「見られてたんだな。なんか恥ずかしいよ」

そして、はにかんだ。胸の真ん中がぽうっとした。

「わ、わたし！　持久走とか苦手だし、長距離す、すごいなあって思う！」

ああ、なんてカミカミなんだろう！

「持久走、なんか女子はいやがるよな。走るのってほんとはすごく気持ちいいんだよ。同じくらい苦しいけど、その分だけ」

本城くんは陸上のことを本当に楽しそうに話してくれた。きっと走ることが好きでたまらないのだと思った。あんなに遅くまで残って走っているんだもの、好きに決まっている。そしてわたしはやっぱり、そんな本城くんを好きだって……思う。

「お!?　あんこじゃねえか！　あんこー！」

本城くんの隣に座ったまま、夢心地でぼけっとしていると、いきなり元気な声に名前を呼ばれた。聞きなれたそれは昔よりも少し低くなったけど、この勢いだけはずっと変わらないから、すぐにわかる。

振り向くと、声の主は顔いっぱいに笑って、大げさにぶんぶんと手を振っていた。

「あんこっ」

シャツの上に紺色《こんいろ》のパーカーを羽織《はお》っている、他の男子よりもちょっと背の低い男の子。小っちゃいって言うと怒るから言わないようにはしてる。

「ちーくん！」

駆《か》けよってきた彼はわたしの頭をいきなりぐしゃぐしゃに撫でて、豪快《ごうかい》に笑った。

ちーくんは、自分のパーカーはアイデンティティだとか言って、入学式の翌日から校則違反にもかかわらず着続けている。たしかにかっちりした制服のジャケットよりラフなパーカーのほうが似合うからしょうがない。あんまり似合うので、同級生や先《せん》輩《ぱい》からも好評《こうひょう》だった。先生たちはうるさかったけど、いくら言っても聞かないので、卒業式や始業式などかしこまった場ではジャケットを着用することを条件に、二年生の春には注意するのをあきらめたみたいだった。

ちなみに今日は紺色だけど、カラーバリエーションは豊富だ。わたしは薄《うす》いグレーがいちばん好き。

「あんこも保体委員だったのかよ！　なんだよー、言えよ！」

あまりにも大きな声を出し続けているものだから、教室中の視線がこちらに集まっている。つい先週入学したばかりの一年生なんかは少し怯《おび》えているようにも見える。

昔からこんな調子で、こうして目立ってしまうところにはたまに困らせられたりすることもあるのだけど、そこがちーくんの長所でもあるってことをわたしはちゃんと知っている。

「つうか、本城もかよ？　おまえらいっしょのクラスだったのか！」

ちーくんのクリクリした瞳《ひとみ》がわたしの左隣へ向いた。

「俺もびっくりした。まさか霧島《きりしま》と安西さんが知りあいだったなんて」

本城くんが答えた。わたしも、驚《おどろ》いてしまった。まさか本城くんとちーくんが顔見知りだったなんて。

「まあ、知りあいっつーか、大親友っつーか、幼なじみっつーか？な、あんこっ」

この霧島千尋《ちひろ》という男の子は、知りあいというか、大親友というか、正真正銘《しょうしんしょうめい》、わたしの幼なじみだ。お互いの家も徒歩三十秒とかなり近く、幼稚園からいっしょで、ずっとこんな感じ。いわく、「おれがあんこの世話を焼いてやってる」らしい。失礼な。

「〝あんこ〟って？」

本城くんが不思議そうに言った。

「こいつのことだよ。安西小町《こまち》、だから略して〝あんこ〟な。ガキのころに俺が付けたあだ名なんだぜ。美味《お》しそうだろ？」

ちーくんの手のひらがぽすんと頭の上に乗る。それにしても、美味しそう、という表現はいかがなものかと思う。

「へえ、おもしろいな」

そうつぶやいた本城くんが「あんこ」と復唱した。白い八重歯をちょっと覗かせながら。また心臓が飛び出るかと思った。

本城くんの声で呼ばれた「あんこ」、きっとわたしは死ぬまで忘れない。

「お？　どうしたよ、あんこ。なんか顔赤くねえ？」

しかし、ちーくんが無遠慮《ぶえんりょ》に顔を覗きこんでくるものだから、それどころじゃなくなってしまった。

「え!?　赤くないよ、ぜんっぜん大丈夫！　ところでふたりはどうして知りあいなの!?」

逃《に》げるように顔を背《そむ》けた。たぶん、ふたりに変に思われた。でもどうにも顔が熱くてたまらない。こんな顔を見られるわけにはいかない。

「ああ、俺らは部活でな、一年のころから顔見知りだったんだ。陸部とサッカー部ってグラウンドでよく顔合わすんだよ。それに去年は体育がいっしょだったんだよな」

「一組と五組だったもんな。バスケのときチームいっしょじゃなかったっけ？」

「うわ、そうだよ！　バスケ部の田中がガチすぎてすげえうるさかったよなあ」

けっこう、仲がいいんだな。不思議な気分。わたしは今まで知らないうちに、ちーくんを通じて、本城くんと間接的に会話をしていたということだ。こんなちっぽけなことで喜んでしまえる自分が怖い。

ふたりの会話を聞きつつ、ほてる顔をパタパタとあおいでいると、ちーくんがまた笑った。「変なあんこだな」って。たしかに、マトモではないかもしれない。恋をすると変になるらしい。

本城くんは、笑うときに右の人差《ひとさ》し指で鼻の頭を触る癖《くせ》がある。人の話を聞くときに少し首を傾げる。

ふたりの会話を平等に聞いているふりをしながら、どうしても彼のほうに神経が持っていかれてしまう。一つひとつの仕草を目で追ってしまう。この短時間で本城くんのことをたくさん知ることができて、もうパンクしてしまいそうだ。

「なんかあんこ、無口だよなあ」

とつぜん、ちーくんが不思議そうに言った。

「腹でも痛えの？　トイレ行く？」

「ち、違うよっ」

腹とか、トイレとか、本城くんの前で言うなっ。

「じゃ、どうしたんだよ？　いつもは元気にぺちゃくちゃしゃべってんじゃん。本城の前だからってなにかわいこぶってんだ？」

「か、か、かわいこぶってなんかないっ！」

最低。ばっちり図星なのが、最低。

「もう、委員会始まるよ！　ちーくん六組でしょ！　あっち！」

これ以上いっしょにいたらダメだ。きっとボロが出てしまう。もう、出てるけど。

右斜め後ろの机を指差すと、ちーくんは口をへの字にして突きだした。

「へいへーい。鬼《おに》みたいな顔すんなよ？　怖えーじゃん」

「そんなのしてないもんっ」

いたずらっ子みたいにニヤッと歯を見せ、困った幼なじみはそのまま自分の席についてしまった。あの顔、幼稚園のころからちっとも変わっていない。

「ほんと、霧島と仲いいんだな」

隣で本城くんが笑った。

「ちっ……がくはないけど、鬼ってあんまりだよ。ちーくんってデリカシーない」

「いいじゃん、そっちのほうが張《は》りあいあってさ。きっとあいうのが側にいるほうが楽しいよ」

それは、まあ、否定できない。本城くんの言うことだから、否定なんてできっこない。

「な」と、首を傾げて笑った本城くんはやっぱりまぶしくて、とっさに首を縦に動かした。うつむいたのかうなずいたのか、自分でもよくわからない。

ちーくんとえっちゃんは仲がいい。ふたりは高二の春にわたしを介して知りあった。

大人っぽいえっちゃんと子供っぽいちーくんは、ぜんぜん違うタイプに見えるのに、なんだか妙にウマが合うらしかった。

だからなにかと三人で過ごすことは多い。放課後はカフェに行ったり、休日はちーくんの家でゲームをしたり、テスト前になると遅くまでファミレスで勉強したり。はたから見るとなんだかヘンテコな組み合わせかもしれないが、けっこう楽しくやっている。

ただ、今日は……ちょっと、おかしい。

「あ、メロンソーダひと口ちょうだい」

「うん、いいよ」

ちーくんが鮮《あざ》やかな緑色に手を伸ばす。それに本城くんがうなずく。そう、今、うんと答えたのは本城くんだったのだ。

「えっちゃん、場所替わってください……」

すがるように細い腕をつかんだ。もちろん目の前の男子ふたりには聞こえないように、小声でしゃべった。

「なんでよ？　替わるならむしろ霧島とでしょ」

「そんなことしたら本城くんと隣になっちゃうじゃん！」

委員会のあと、えっちゃんから「ドーナツ百円だから食べに行こ！」と連絡が入って。そしたらちーくんも行きたいと言いだして。そこまではたしかに、いつもと変わらない流れだった。

しかし、次が違った。ちーくんのセリフは「本城も行こうぜ」と続いたのだった。目が飛び出しそうになるのを抑《おさ》えるのに必死になっていると、本城くんが「いいの？」と答えた。今日は委員会のためにすべての部活がお休みらしい。

ちーくんだけでなく、本城くんまで引きつれて校門に現れたわたしに、えっちゃんは心底驚いた顔をしていた。そりゃそうだ。わたしがいちばんびっくりしている。

「そういえばさ、本城とこうやって話すのって初めてだよね」

えっちゃんがずいっと身を乗りだし、対角線上にいる本城くんに話しかけた。

「だな。席もぜんぜん近くないし」

本城くんが穏《おだ》やかに答える。彼の少し首を傾げて話す仕草がすてきで、だけどやっぱりどうしても、一瞬見ただけで目を逸らしてしまう。

「ていうか、あたしの名前知ってんのー？」

冗談っぽく聞いたえっちゃんに、知ってるよ、と本城くんは笑った。

「荻野《おぎの》さんだろ、荻野英梨子《えりこ》。いつも堂々とピアスしてるから印象に残ってた」

そうか。えっちゃんは本城くんの印象に残っていたのか。

ピアスを見せながらきれいに微笑む彼女の横顔をちらっと見て、なんだかモヤモヤした。やだな。えっちゃんにまでやきもち妬《や》いちゃうんだ、わたし。

「ところで本城って彼女いるの？」

「ぶっ、げほっ」

えっちゃんが突拍子もないことを聞いたせいで、ちょうど飲みこんだオレンジジュースでむせてしまった。本城くんの目の前なのに恥ずかしい。ちーくんが「なにやってんだよ」とけらけら笑う。

「いないよ」

しかし当の本城くんは、ひとつの動揺も見せないどころか、さらりとそう言い放った。

「へえ？　じゃあ、好きな子は？」

「今は陸上ばっかりでそんな余裕《よゆう》ないかな」

「へえ！」

えっちゃんの口角がニヤッと上がるのがわかった。テーブルの下で脚をつかれる。それと同時にまたむせるんだから、もうやんなっちゃう。

グレープソーダを飲みおえたらしいちーくんが、ストローでズコッと音を立てた。そしてふてぶてしくグラスを置き、えっちゃんをじいっと見る。

「荻野って本城のことねらってんのかよ？」

「だったらなによ?」

「やめとけやめとけ。おまえみたいなガサツな女、本城には似合わねえよ」

えっちゃんが目を細めて笑う。始まった、と思った。

「霧島さあ、いくらあたしのこと大好きだからって、やきもち妬くのやめてくれない?」

「バッ……、ちっげえよ! どうしたらそんな勘違《かんちが》いできんだよ!」

でも、なんとなくだけど、ちーくんはえっちゃんのことが好きなんじゃないかって思う。根拠《こんきょ》はとくにないけど……ほんとに、なんとなく。

ちーくんは昔からものすごく不器用であまのじゃくな男の子だから、いつもこんなふうにえっちゃんと言い合いをしてばかりで、どちらかというといじわるで。こんなだといつまでたっても発展しないんじゃないかって心配になるけど……。

「まあでも、たしかにね。あたしよりかはあんこのほうが、本城とはお似合いかもね」

いきなり登場した自分の名前に、今度こそオレンジジュースを本城くんの顔面に向けて噴射《ふんしゃ》するかと思った。

「ね、本城もそう思わない?」

「ばぁか、あんまり軽々しくそういうこと言うな。本城もあんこも、困るだろうが」

本城くんが口を開きかけたところに、ちーくんが言った。ちーくんにはこういうところがある。優しく、気配りのできる男の子だよ。昔からみんなの輪の中心にいるのもうなずける。

でも、ほんとはちょっと聞きたかった気もする。本城くんの答え。

ただ、もしここで「タイプじゃない」とかなんとか言われてしまったら、もうこの場で死んでしまうような気がするし、やっぱりよかったのかもしれない。

「やだ、霧島くんってば、かっこいいこと言っちゃって」

えっちゃんがわざとらしく言った。ちーくんがもううんざりだってふうに苦笑した。

「おまえは俺を小バカにしてないと死ぬのか？」

「うん、今いちばんの生きがい」

「おーおー、いい趣味があってうらやましいぜ」

「そんなに褒《ほ》めないでよ？」

「褒めてねえよ！」

やっぱりえっちゃんとちーくんは仲良しだ。このじゃれあいはどれだけ見てもちっとも飽《あ》きない。だからふたりといるのはいつだってすごく楽しいけど、よくこんなふうにふたりだけの掛けあいになるので、なんだかわたしだけが置いてけぼりになってしまって、寂しいなって思うこともある。

黙ってむぐむぐとドーナツを食べていると、ふいに目の前の本城くんと目が合った。

肩が跳《は》ねた。

「それ美味《うま》いよな」

「えっ」

「俺もそれにしようか迷ったんだ」

中にカスタードクリームがたっぷり入った、甘ったるいドーナツ。とくに好きというわけではないが、今日は甘いものを食べたい気分だったから、たまたまこれを買った。

本城くんは甘いものが好きなのかな。買ってよかった。わたしもたった今、このドーナツがいちばん好きになりました。

「……食べる？」

わたし、なにを言っているのだろう？

「え？」

「ひと口……食べる？」

本城くんがびっくりしたように目を丸くする。同時に、しまったと思う。自分の言ったことを今になってじわじわ実感している。ひと口食べるかなんて、そんなの「間接キスしましょう」って言っているようなものなのに……。

後悔が体中で渦《うず》を巻いている。きっと本城くんも引いているに違いない。ほんとに上手くいかないや。

「あの、今のはなんていうかっ、その、なんていうか……」

「じゃ、もらおうかな」

言葉にすらなっていない、わたしのあまりに苦しい言い訳を、本城くんが優しく遮《さえぎ》った。

「あ……」

「ひと口もらっていい？　やっぱそれ食いたかったなーってじつは思ってたんだ」

白い八重歯がちらりと見える。そのまぶしい笑顔にとろけていたいけど、本城くんの目の前でそんな顔をするわけにもいかず、無理やりきゅっと頬を持ちあげた。たぶんわたし今、最高に変な顔をしている。

震える手で差しだすと、本城くんがドーナツを受け取るときに、指先がほんのちょっとだけ触れた。それだけでもう全身が心臓になったみたいにばくばく暴れだす。

わたしの心臓がまだうるさいうちに、遠慮がちなひと口を終えて、彼はまた笑った。

美味い、って。

やっぱり本城くんって、とってもすてきなひとだな。すてきすぎて、正直もう、そのドーナツは食べられません。

「もう……いいの？」

「安西さんの分なくなっちゃうじゃん。ありがとう」

「ど、ど、どういたしまして！」

「あ、俺のも食う？　チョコ好き？」

「好きです！」

好きです。……チョコじゃなくて、あなたのことが。

本城くんの歯形がついたチョコレートのドーナツ。食べるとき、どうしても目を開けていられなかった。そして、どれだけ噛《か》んでも、味などわからなかった。

ふわふわする。本城くんはすぐ目の前、たった五十センチ向こうにいるはずなのに、その顔がよく見えない。

こんなチャンスめったにないのに。今見ておかなきゃ、二度とこんなふうに話せないかもしれないのに。

「……あ、そうだ」

メロンソーダを飲んだ本城くんが、思いだしたように小さく声を上げた。

「安西さん、よかったら連絡先教えてよ」

「えっ？」

聞き間違いではないかとおろおろするわたしになんかおかまいなしで、彼は涼《すず》しげな顔で最後のひと口を頬張った。ついに、チョコレートドーナツを介して間接キスをしてしまった。でも本城くんはそんなことちっとも気にしていないみたい。

わたしの目の前には、さっきから少しも減っていないドーナツが寂しそうに横たわっているというのに。

「……あ、違うから！」

わたしがぼんやりしたまま黙っているからか、本城くんは慌《あわ》てたように付けたした。

「なんつーの、ぜんぜん、そういう……やましい意味じゃないよ」

「やましい？」

「うん、下心があるようなチャラい感じじゃなくて」

チャラい、という形容詞が本城くんの口から飛び出したことに驚いた。思わず小さく笑ってしまったけど、なぜか本城くんが顔を赤らめているから、次の瞬間にはわたしもつられて顔が熱くなる。

「純粋《じゅんすい》に、クラスメートとして、安西さんと友達になりたいなって」

本城くんが眉を下げて笑った。すぐには信じられないようなセリフだった。

友達になりたいと思っていたのは、ずっと、わたしのほうだったんだよ。

「はいっ。あの、むしろこちらのほうこそ恐縮《きょうしゅく》でございますといいますか、なんといいますかっ」

「ぶっ。くっくっく……」

我慢《がまん》できないってふうに本城くんが吹きだす。

「安西さんってほんとに面白いよな」

たぶん、あんまりいい意味じゃない。でも本城くんが笑っている。わたしを見て笑っている。口元に右手の甲を当てがうその姿があんまりすてきで、わたしだけ、まだ顔が熱いままだ。

ひとしきり笑った彼がはーっと大きく息を吐《は》く。彼の口元から離れていく手を見て、その指がとてもきれいだということに、今になって気づいた。

「なんか、恥ずかしいよ。すごい熱い」

「わたしも……」

本城くんがポケットから黒いスマホを取りだす。そして、流れるようにメッセージアプリの画面を開いたから、わたしも慌てて同じようにした。

お互いのアカウントを教えあってから、検索のボタンをタップする。それだけでも心臓は大暴れなのに、すぐに画面の中に本城くんが現れたものだから、手の震えを抑えるのにもう必死。

『本城夏生』

フルネームで登録しているんだな。アイコンは白いネコちゃんの写真になっていた。かわいい。飼っているネコかな？

「あ。名前、『あんこ』だ」

本城くんが画面に目を落としたまま声を弾《はず》ませた。

「うん、そうなの。あんこってあだ名、好きで」

「たしかに美味いもんな、あんこ」

からかうように言われる。今の「あんこ」は食べ物のほうだってちゃんとわかっている。わかってはいるけど、やっぱりどきどきしてしまう。本城くんの声で呼ばれるたびに、「あんこ」という響《ひび》きを、もっともっと好きになっていく。

ああ、食べ物のほうのあんこに生まれてきていたら、本城くんに美味しく食べてもらえていたのかな？

くだらないことを考えて、ひとりで恥ずかしくなってしまった。

「あ、あの、本城くんもすてきだよね！」

「うん？」

「夏生って、すごくいい名前だなあって……初めて聞いたときから思ってたんだ」

すらすら言えた。心から思っていることだからだ。

本城夏生、何度繰り返してもすごく好き。いいなって思う。もし彼が他の名前だったとしてもわたしはきっとすごくすてきだと思っていただろうけど、それでも、夏生って、本城くんにしか似合わない名前だ。

「そうかな？　ナツキって、女みたいで昔はすごくいやだったよ。夏生まれだから夏生ってテキトーもいいところ」

なんて自然で嫌味《いやみ》のない謙遜《けんそん》をするんだろう。さわやかな笑顔が心臓に悪い。たしかにこのさわやかさは夏生まれならではかもしれないなって、妙に納得した。

「やっぱり夏生まれなんだね」

「うん、八月五日。夏休みだから毎年誰にも祝ってもらえなくて、ちょっと寂しいけど」

今年はわたしがお祝いするよ、と言いたくて、言えなくて、黙ってしまう。本城くんはそれに気づいてか「冗談《じょうだん》だよ」と笑った。

八月五日、心のスケジュール帳にばっちり書きこんだ。帰ったらすぐにスマホにメモしよう。そして、直接お祝いするのは難しくても、その日はせめてメッセージを送ろう。それまでに、なんの気兼《きが》ねもなくそういうやりとりをできるくらい、仲良くなれていたらいいいな。

「安西さんはなんとなく冬生まれっぽい」

本城くんがクイズに答えるみたいに言った。

「あ、わたし、十一月三十日だよ」

「秋と冬のあいだ？　なんか、いいな。いい時期」

誕生日をそんなふうに言ってもらえたのは初めてだった。本城くんがそう言ってくれるだけで、なんだか自分の生まれた日がものすごく特別なものだと思えてしまう。

ふいに本城くんが黒いスマホを持ちあげる。長い指で液晶《えきしょう》を叩《たた》き、なにやら打ちこむと、顔を上げた。そして、ちょっと首を傾げながら嬉しそうに笑った。

「ばっちりメモした」

「えっ？」

「十一月三十日、安西さんの誕生日」

そんなバカな……！

本城くんのまぶしい笑顔の隣で、同じくらいまぶしく輝いている画面には、今年の十一月のカレンダーが表示されていた。いちばん下の列、三十日のところに〝安西さんの誕生日〟。

こんなことをされると、いったいどういう顔をすればいいのかわからなくなる。たぶん、にっこり笑って「ありがとう」と可憐《かれん》に言うのが正解だ。その調子で「わたしもメモするね」と付けたせたら最高だ。

そういう女子になれたら、どんなによかっただろう。

「……う、うわっ‼」

しかしわたしみたいな女子は、頭の中が完全にショートし、奇妙な声を上げることしかできないのだった。

目の前で本城くんがものすごく驚いた顔をしている。きっとヤバイヤツだって思われてる。しかし今はなんのフォローもできそうにない。頭のネジが一本すぽんと抜けてしまったせいで、思考が正常に働いてくれない。

ただ遠くから見ていただけの、名前も知らなかった男の子。昨日まで話したことさえなかったその人が、今、目の前で笑っているという現実。わたしに笑いかけてくれているという幸福。そりゃあ頭の回路のひとつやふたつくらいダメになる。

「あの……あの、今日お母さんに早く帰って来いって言われてて！　すっかり忘れてたんだけど！　だから……か、帰りますっ！」

働かない頭でひねりだしたわざとらしい言い訳を、思いつくままに早口で言った。そして音を立てながら慌ただしく席を立った。

「おー。あんこ帰んの？」

ミートパイ風ドーナツを頬張ったまま、ちーくんが意外そうに言う。

「はいっ！」

「わはは、はいってなんだよ？　あんこが帰るなら俺も帰ろうっと」

ちーくんはごく自然にカバンを持ち、立ちあがると、当たり前のようにわたしの隣に並んだ。

「いっしょに帰るのが決まりなの？」

　本城くんが訊《たず》ねる。

「霧島の部活がない日はだいたいそうだね？　ナイト気取りなの、霧島って。ほんとは自分があんこといっしょに帰りたいだけのくせに」

　ちーくんのかわりにえっちゃんが答えた。ちーくんが憤慨《ふんがい》し、本城くんが笑った。

「じゃあなっ」

「あはは、またな、霧島」

「あんこのことしっかり送るんだよ」

　三人がそれぞれ挨拶を交わす。

「荻野、てめー明日覚えてろよ」

「それって負け犬のセリフよね？」

　えっちゃんとちーくんは最後までしっかりじゃれあうんだから困ってしまう。本城くんもそろそろ慣れてきたってふうに穏やかに笑っている。

　その輪に入らず、ひとりぼんやりしたままでいると、

「安西さん」

　と、ふいに呼ばれた。

「また明日」

本城くんがたった五音だけを言った。

ま、た、あ、し、た。

明日も、会えるんだ。明日も、もしかしたら、本城くんとこんなふうに話せるかもしれないんだ。

「うん。また……明日」

ぼやけていた世界の焦点《しょうてん》がやっと合った。白い八重歯を覗かせて笑う本城くんに、小さく、小さく手を振った。

心臓がくすぐったい。


「今日はありがとう。これからよろしくお願いします！」

なんだかこれから付き合うみたいな文面だということに気づいたのは、それを送信してから十分後のこと。

返事が来るどころか、既読すらつかない。既読がついたかどうかを何度も確認しているところが、なんとも情けなくてたまらない。

今夜は、お風呂から上がるなり自分の部屋にこもって、スマホをぎゅっと握りしめたままベッドに転がった。たまにしかしないパックをしてしまったのは偶然《ぐうぜん》ではない。唇《くちびる》に保湿クリームをていねいに塗《ぬ》ったのも同様だ。

けっきょくカスタードクリームのドーナツは最後まで食べられなかった。本城くんの唇が触れた場所に、この唇で同じように触れたあとで、呑気《のんき》に胃袋《いぶくろ》にものを収めてなんかいられなかった。とにかくもう、胸がいっぱいだった。

ああ、わたし、本城くんと間接キスをしてしまったんだ。

考えただけで死にそうになる。恥ずかしくて。嬉しくて。幸せで。でもやっぱり恥ずかしくて。

掛け布団を頭のてっぺんまでかぶる。ちょうどそのとき、とつぜんスマホが震えだした。本城くんからの返事かと思って飛びあがったけど、ぜんぜん違う人物からの着信だった。

「なんだ、えっちゃんか……」

「なにそれえ？　悪かったな、あたしで」

悪くはないけど、力は抜《ぬ》けた。リラックスできたよ、と言いなおしたけど、えっちゃんはブーブー言っている。

「ごめんってばあ。電話なんて珍《めずら》しいね？　どうしたの？」

「いやあ、今日のあんこはなかなか頑張《がんば》ってたなと思って」

電話の向こうの声色が変わった。

「どうよ？」

「どうって?」

「本城に決まってんでしょ。なんか仲良くしてたじゃん? 連絡先も交換《こうかん》してさあ!」

えっちゃんは、気にかけてくれているというよりも、どちらかといえば面白がっているようだった。

「どうもこうもないよ……。緊張して死ぬかと思った」

「うん。爆死しそうになってたね」

実際、爆死したし。

軽快《けいかい》な笑い声が鼓膜《こまく》を揺らす。他人事だと思って楽しんでるね……。

「ねえ、あのあとちょっと本城としゃべったんだけど、本城も同じく緊張してたって」

えっちゃんはいきなり声を潜《ひそ》めた。

「『変なことしちゃったかな』って不安そうに言ってたよ。あんこが急に帰っちゃうから心配もしてた」

「うん……。失礼なことしちゃったなって反省してます」

「まあ、そうだね。でもかなり距離縮まったと思うよ! もしかしたらこのまま上手くいくかもよ?」

そう言われてハタと考えた。わたしは本城くんと上手くいきたいと思っているんだろうか？

だって、今日初めて話したばかりなのだ。やっとの思いだったのだ。上手くいくなんてめっそうもない。あの涼しげな目を見るだけでこんなにせいいっぱいだというのに！

「じゃ、そんだけだから。本城から返事来るといいね？」

「ひゃっ⁉」

心臓が跳ねたついでに喉《のど》からおかしな音が出た。

「メッセ送ってるんでしょ？『なんだえっちゃんか』とか言われちゃったもんねえ」

えっちゃんはすべてを見透《みす》かしたように言った。実際、見透かされているのだから怖い。

「じゃ、おやすみ」

一方的に電話が切れる。言いたいことだけ言うと気が済《す》んでしまうところ、えっちゃんらしいなと思う。とても女子高生同士とは思えない短い通話時間だった。えっちゃんは、電話やメッセージ、SNS全般《ぜんぱん》があまり得意ではないのだ。

それでも電話してきてくれた。本城くんの言葉を伝えるためだけに。もしかしたら、わたしが急に帰ってしまったのを心配してくれていたのかもしれない。えっちゃんはいじわるに見えて、ほんとはいつも優しい女の子だから。

でも、そうか……。本城くんもわたしと同じように緊張していたのか。そういえば連絡先を交換するとき、ちょっと顔を赤らめていたっけ。チャラい意味じゃない、というおかしなフォローもされた。きっと変に女慣れしていないんだ。そんなところもすてき。

もう重症《じゅうしょう》だ。本城くんのすべてをすてきだって思ってしまう。これはきっと病気だ。だって、そうだよ。もし彼がとても女慣れしていたとしても、すごくいじわるな人だったとしても、わたしはそのすべてをすてきだと思っていたに違いない。

恋は盲目《もうもく》なんて本当によく言ったものだと思う。その通り。身をもって実感している。

「あーあ。返事……来ないなあ」

なにげなくそうつぶやいたのとほぼ同時に、手のひらのスマホが震えたから、今度こそ背筋を伸ばして正座した。

本城くんだ！　返事が来た！

うそじゃないよね？　思わず三回ページを開き直して確認してしまった。大丈夫、何度やっても本城くんだ。『本城夏生』。うそじゃない。

「こちらこそ。とつぜん帰ったからびっくりした。大丈夫だった？」

文面からあのさわやかな低音の声が聞こえてくるみたい。心配してくれているのが嬉しい。本当に優しい人なんだな。

［うん、大丈夫だったよ。急に帰っちゃってごめんね］

［気にしなくていいよ。今度はもっと時間のあるときにしよう］

今度って、なんだろう？　またドーナツ食べに行こうってことかな？　なにか、〝また今度〟が……あるのかな？

［じゃあおやすみ。また明日］

頭の中を整理できないうちに、立て続けにもう一通。

それは、ただの文面。ただの文字の羅列《られつ》。それでも、この画面の向こうに本城くんがいると思うだけで、どうしようもなくむずむずしてしまう。

［ありがとう。おやすみなさい］

返事をしてすぐに明かりを消したけど、今夜は眠れそうにもなかった。

ああ、明日、ちゃんと本城くんの目を見ておはようって言えるんだろうか？

教室に入ったとたん、どこにいるのかわかってしまう。わたしの両目は一瞬にしてその姿を見つけてしまう。

それは、こうして同じクラスになる前からずっとだ。廊下で。全校集会で。まだ名前すら知らなかったころから、本城くんだけが圧倒的な輝きを放って、わたしの視界に飛びこんでくるのだ。

「……あ」

いつも一方的に眺《なが》めていただけの横顔が、今朝はこっちを向いた。

「おはよう、安西さん」

そして、少し高い位置にある小麦色の顔がふにゃっとほころび、笑いかけてくれた。

心臓がぎゅうっと痛くなる。おかげで、これが現実だってことがわかる。この痛みを、わたしはずっと前から知っている。

「お、お、おはよう！　本城くんっ」

ちゃんと目を見て言えた。

緊張で笑顔が強張《こわば》っているかもしれない。その顔は真っ赤に違いない。

でも、いいのだ。なんだっていいのだ。

おはようって言ってもらえる。おはようって返す。たったそれだけで、世界中の幸福をかきあつめたような気持ちになる。どきどきうるさい心臓が優しい鐘《かね》の音にさえ聞こえる。

すごいよ。本城くんは、すごい人だ。きっと本当に魔法使いだ。

こうして本城くんが笑ってくれるだけで、わたしは、世界一幸せな女の子になれる。

ぶさいくストラップ

首筋《くびすじ》に触れている
やわらかそうな髪が
好き。

席替えをした。新しいクラスになって一週間くらいたってからのことだった。本城くんとはそんなに近い席じゃない。そう都合よくはいかない。

それに、本当はちょっと安心しているのだ。本城くんと隣の席になんてなってしまっていたら授業どころじゃなかったと思うし……。

新しい席は、後ろから三番目のところ。前から二番目の席に座っている本城くんの背中を、左斜め後ろから眺められる場所だ。わたしにとっては願ってもないベストポジションだった。ただ、わたしのさらに左斜め後ろにはえっちゃんが座っているから、本城くんを盗み見ているのを、同じようにえっちゃんに見られてしまうのがちょっと痛いけど。

本城くんは、左の肘《ひじ》を机につき、その指先をこめかみのあたりに添《そ》えながらノートを取る。そのときの、腕《うで》から手の甲《こう》にかけての筋や血管《けっかん》が妙に色っぽくて、ぼけっと見とれてしまう。

すっとした襟足も好き。黒い髪が日焼けした肌にふわふわと触れているのがかわいいのだ。できれば本城くんのうなじに触れている襟足になりたい……なんて、また変態っぽいことを思ってはひとりで赤面するせいで、わたしはノートを取るのがすっかり遅くなってしまった。

ただ眺めているだけなのに、日に日に好きの気持ちが膨《ふく》らんでいく。好きなところが増えていく。これ以上好きになるところなんてないって思うのに、それでも毎日、どんどん、どんどん好きになる。

なんの進展もない恋だけど、宝物みたいな気持ちを抱きしめて、この広い背中をぼうっと見つめているだけで、毎日が幸せ。これ以外にはたぶん、もうなにもいらない。

「なに甘ったれたこと言ってんの」

えっちゃんがいつもより半音低い声を出した。

「グイグイいかないと！　せっかく連絡先も交換したんだしさ」

言いながら、きれいな顔が徐々《じょじょ》に近づいてくるので、思わず後ろにのけぞる。

「い、いや、無理……」

「なんにもしてないうちから弱気はダメだよねえ?」

京都に向かうバスの中。えっちゃんは食べていたポテトチップスをビシッとわたしに向けて、「返事は?」と鋭く言った。

この時期、うちの学校は全学年が遠足に行く。三年生は京都と決まっている。京都には生まれてこのかた一度も行ったことがないから、えっちゃんとグルメ本を買いこんで、ばっちり食い倒れ計画を立てた。

「こういう特別な日ってチャンスだよ? みーんな浮かれてるし、せっかく髪もゆるいウェーブにしてかわいくしてきたんだし、こういうときこそ積極的にアピールしていかなきゃ!」

そんなこと言われても。口ごもるわたしに、えっちゃんがなぜか得意げに笑った。

「本城も男なんだから、やることやってりゃぜったいに落ちる」

それってなんだかすごく下心のある表現だ。わたしはこうやって片思いしているだけでせいいっぱいなのになあ。それに、えっちゃんはたぶん、九割は面白がって言っている。

「さっき野間と守田にどこに行くか聞いといたし、今日はあたしに任せて」

「えっ⁉」

いつの間に？　今日、野間くんと守田くんと話していたっけ？

「ねえ、あんこ。これが人生最後の遠足なんだよ？　最高の思い出にしたくない？」

えっちゃんの行動力は侮《あなど》れない。それなのに、自分のことになると「面倒くさい」で片付けてしまうのだから、わからない。

えっちゃんは男の子にはそれなりに困っていないはずだ。あまり自分のことを話したがらないから詳《くわ》しいことはわからないけど。

だって、わたしが男の子だったら、きっとえっちゃんを好きになっていた。かっこよくて優しい、それでいてとってもきれいな、自慢の親友。

「ねえ、えっちゃんは好きな人いないの？」

パリパリとお菓子をつまみながら訊ねる。なんでもないように言ったけど、けっこう勇気がいった。えっちゃんが声を上げて笑った。

「恋愛なんて面倒くさいよ」

「女子高生のくせにそんな三十路《みそじ》のＯＬみたいなこと言わないでよ……」

「あはは、三十路って！　失礼だな！」

笑いごとじゃない。せっかくのピチピチ女子高生ライフ、こんなどうしようもないへたれの世話ばかりさせているなんて、わたしはいつまでたってもえっちゃんに頭が上がらないよ。

「まあねえ……。三十路のOLというよりは、あたしって、小学生みたいでいやになるよ」

さっきまで冷やかしに満ちていたその顔がとつぜん神妙《しんみょう》な面持ちになるので驚いた。相談してほしいなんて思っているわりに、いざこんなふうな顔をされると言葉に詰《つ》まってしまうのだから、わたしもたいがい情けない。

「またいつか話すよ。今日はそれどころじゃないでしょう？　あんたは本城のことだけ考えてな！」

「だから！　えっちゃん声！　大きいんだってばっ！」

もしかしたらえっちゃんも誰かに恋をしているのかもしれない。そういう、切ない顔だった。いつか打ち明けてくれたらいいな。そしたらわたしも、気合いを入れて相談に乗ろう。

京都というのはすごい街だった。まるで教科書の中にいるみたいな感じ。今までに行ったどんな街とも違う、上手く言えないけど、ここはとても特別な場所だということを全身でひしひしと感じる。絶対的な歴史と伝統があるのだと空気だけで思い知らされる。

口を開けて圧倒されているわたしの背中を、えっちゃんがバシッと叩いた。

「ほら！　ぼけっとしてる時間なんてないよ！」

「えっ？」

「お抹茶《まっちゃ》のパフェとわらびもちと八つ橋《やはし》食べに行って、それから本城たちと合流するんだから！　今日は忙しいよ！」

本城くんたちと合流、というのに突っこむ時間さえ与えられなかった。バスを降りた瞬間、腕時計《うでどけい》とスマホとグルメ本を順番に見ながら、とても遠足だとは思えない速さで歩き始めたえっちゃんに、わたしはもはやついていくのでせいいっぱいだ。

足をせわしなく動かしながら、まだガヤガヤしているクラスの群れをちらりと見る。そしてうんざりする。本城くんを一瞬で見つけられてしまう自分に。

盗み見のスキルはきっともう達人レベルだ。本城くんは想像すらしていないのだろう。わたしがこんなふうに、いつも遠くから見つめているだなんて。

京都の抹茶パフェは絶品だった。どきどきが吹き飛んでしまうくらい絶品だった。さすが雑誌に載るレベルのお店だと納得した。

しかし、能天気《のうてんき》にパフェを頬張るわたしに、えっちゃんは容赦《ようしゃ》なかった。

「そういえばさあ、あんこっていつから本城のこと好きなの？」

喉に白玉団子がつっかえるかと思った。

「同じクラスになったのって今年が初めてでしょ？　なのに最初から好きだったじゃん。どのタイミングで好きになったのかなあって思って」

いつかぜったいに聞かれると思っていた。

「い……一年生の、夏から」

おずおずと答えた。えっちゃんが目を見張る。次の言葉を待っているような顔。

「走ってるとこ見て……ひと目惚れ、して」

「ひと目惚れっ⁉」

我慢できないっていうふうにえっちゃんが声を上げた。店内に同じ学校の生徒がひとりもいなくて本当によかった。

「じゃあ、もしかして同じ委員会になるまで話したこともなかったとか？」

「うん」

「ひゃあ……純愛じゃん」

純愛、という響きに背中がぞわぞわした。さっきまであんなに美味しかったパフェの味がわからなくなってしまう。

誘導尋問《ゆうどうじんもん》の上手いえっちゃんに抗《あらが》うことなど叶《かな》わず、いろいろなことを聞かれては、素直に答えさせられた。それでも本城くんの好きなところだけは言えなかった。

わたしだけが知っている、本城くんのすてきなところ。誰にも知ってほしくない、見せたくない。

気づけばアイスクリームが溶《と》けてしまっている。長いスプーンでぐるぐるかきまぜると、グラスの中が優しい緑色に染《そ》まった。

「さ、そろそろ行こう」

いつの間にかパフェを平らげていたえっちゃんが時刻を確認しながら言った。

「限定のわらびもちなくなっちゃうよ」

「え、それは大変だっ」

溶けた抹茶アイスを流しこむ。歯にキンとしみる。

慌ただしくお会計を済ませ、急ぎ足で次のお店へ向かった。限定のわらびもちに無事にありつけたことにほっとしている暇もなく、生八つ橋を食べに行った。お腹がはちきれそうになるころには、すでに集合時間は二時間後に迫っていた。

お土産《みやげ》を買うために新京極《しんきょうごく》へ行く前に、えっちゃんに言われて、手ぐしで髪を整えた。どうやら本当に本城くんたちと合流するつもりらしい。

新京極は人でごった返していて、本城くんたちを見つけるのは難しいのではないかと思ったが、えっちゃんの観察力はわたしの想像を遥《はる》かに超えていた。

「あ、野間じゃんっ」

とつぜん、えっちゃんのよく通る声が人混みに響きわたる。あまりに大きな声だったのでそこにいる人がいっせいに振り向いた。

「やだあ、偶然だねえ？」

わざとらしく言いながら、えっちゃんは人混みをかきわけて進んでいく。どんどん行ってしまう長い黒髪を見失わないよう、必死でついていった。

そして、気づくと目の前に本城くんがいた。

「ほっ……んじょう、くん！」

「わ、安西さんだ」

こちらを優しく見下ろす本城くんは今日もすてきだ。毎日例外なくとてもすてきで、困ってしまう。

「安西さん、お土産買った？」

夢心地でぼけっとしているわたしとは違い、本城くんは自然に話題を振ってくれる。

「あ、ううん、これから買おうと思ってて……」

「そうなんだ。ちょうど俺らもいま物色《ぶっしょく》しはじめたところ。でも人多すぎてなにがなんだかだよなあ」

止まりかけていた足がいっしょに動きだす。信じられないけど、わたしたちは隣に並んで歩いていた。

「安西さんはなに買うの？」

「ええと、生八つ橋と、お母さんに頼まれてたご当地ちょうちんと……」

「ちょうちん？」

「そう、なんか知らないけど集めてるみたいなんだよね。うちにすっごいいっぱいあるの！　ぜんぜん理解できないよ」

人混みのせいで、本城くんの顔がいつもよりうんと近い。見上げる角度が少しきついのがなんだか恥ずかしくて、どうしてもうつむきがちになってしまう。

「いいと思うけどなあ。そういうのがあると旅行するのが何倍も楽しくなるだろうし」

それでも、笑ってくれる。なにを言っても、本城くんは少し首を傾げながら、笑顔で聞いてくれる。ていねいに答えてくれる。

もちろん、それはわたしに対してだけではないのだろう。わかっていても、どうしようもなく嬉しいのも、本当なんだ。

「安西さんたちは今日どこ行った？」

「あ、えっとね！　パフェとわらびもちと生八つ橋食べてきた……よ」

言いながら自分でびっくりした。わたし、観光もしないで食べてばっかり！　食い意地張ってると思われたらどうしよう？

「へえ！　すごい食ってるね」

本城くんが軽快に笑った。案の定だった。

「で、ですよね……。食べてばっかりで、ほんと」

「えっ？　あ、ごめん、違う、今のはうらやましいって意味で言ったつもりだったんだけど……」

困った顔をした本城くんが「女子は難しいな」とひとり言のようにつぶやく。困らせてしまったこと、申し訳ない気持ちにもなったけど、わたしの言葉にそんなふうになってくれることの嬉しさのほうがだんぜん優勢だった。

「本城くんたちはなにしてたの？」

「俺らは清水寺《きよみずでら》行ったよ。定番だけど行っとかなきゃって、守田が」

「清水寺！　いいなあ！」

隣同士、たわいもない話、いつもとは違う場所。まるでデートみたいだなんてずうずうしいことを思ってしまう。わたしたちの前には守田くんと野間くんとえっちゃんが歩いているから、はたから見ればなんでもないグループ行動なのだろうけど。

それでも、嬉しい。こんな幸せがあっていいのかと疑問にさえ思うくらい。

えっちゃんたちがお土産屋さんに入ったので、わたしたちもあとに続いた。少し上にある顔がきょろきょろ店内を見回しているのを見て、指先が震えた。わくわくを隠せないって顔。かわいいと思ってしまう。

「ほっ、本城くんはなに買うの？」

思わず、うわずった声で訊ねた。

「どうしようかな。とりあえず両親になんか食いもんと、それから妹にストラップでも買おうかなって思ってるんだけど……」

本城くんの家族のことを聞くのは初めてだった。なんだか、どきどきした。

妹がいるんだな。この柔和《にゅうわ》な物腰《ものごし》は兄ならではのものかと納得する。本城夏生を兄に持つ女の子のことを心からうらやましく思う。

「小学生の女の子ってなにで喜ぶんだろうな？」

まだ小学生なんだ！　どんな子なんだろう？　本城くんと血がつながっているのだからきっといい子に違いない。

「ちなみに安西さんだったらなにがいい？」

「えっ、わたし？」

「うん。女の子が喜びそうなものってわかんないから、よかったらいっしょに選んでほしい」

信じられない申し出だった。わたしなんかでいいのかという情けない気持ちは呑みこみ、「うん」と返事をした。

たくさんのストラップがぶら下がっている棚《たな》をくるくる回しては、一つひとつとにらめっこしていく。隣で本城くんが笑った。

「そんな時間かけてると安西さんがお土産買う時間なくなるよ」

「でも、こんな任務をテキトーに終わらせるわけには……」

「ぶふっ」

形のいい唇の隙間《すきま》から覗いたかわいい八重歯に、心臓をがしっと掴《つか》まれる。もう何度も掴まれているけれど、何度だって、掴まれる。

ほてる顔を誤魔化《ごまか》すために、思わず目の前にあったネコのストラップを手に取った。

「じゃあ、これ！」

ちょっとふてぶてしい白いネコ。ニッキの生八つ橋に寄りそって背中を丸めているそれは、決してかわいいと言えるような見た目ではなかった。

しまった。なんてものを選んでしまったんだろう？

「安西さん、ネコ好きなの？」

それでも本城くんは、笑顔の中に少し驚きを含ませたような顔でわたしをまじまじと見つめた。

「俺も大好きなんだ。うちでも飼ってるし」

あ、もしかして、本城くんのアイコンのネコちゃんのことかな？

とってもかわいい白いネコちゃん。ふかふかしてそうなネコちゃん。本城くんのアイコンだから、たぶん、もう百回は見ているその子。

本城くんはわたしの手からストラップを優しく奪《うば》うと、「ありがとう」とようやく言った。

「これにする。妹も喜ぶと思う」

それは絶対にうそだ。そんなぶさいくなストラップ、小学生の女の子が喜ぶわけないよ。わたしだったらもらってもあんまり嬉しくないもの。

「安西さんもそろそろお土産選ばないと、もう時間なくなるよ」

「あ、うんっ」

できればもっとちゃんと選ばせてほしかった。でも、きっとどれだけ時間をかけても、どうせわたしはあのぶさいくなネコを選んでしまうのだろうと思う。

本城くんに、「ネコ好きなの？」って、「俺も大好き」って、笑ってほしくて。

お土産選びなんかに集中できるわけがなかった。けっきょく、家族で食べるための生八つ橋と、お母さんに頼まれていたご当地ちょうちんを買っただけ。

軽すぎる袋を右手に引っかけて店を出た。わたし以外の四人はまだ買い物中らしかった。ちらっと見えたえっちゃんの買い物カゴがてんこ盛りで、ぎょっとした。あんなに買って、いったいどこで配るんだろう。

「おっす、あんこ」

ふいにぽすんと左肩を叩かれる。聞き慣れた声と呼び方で、振り向かなくったって誰だかわかる。

「ちーくん！」

「こんなとこでなにぼけっとしてんだよ？　ひとり？　荻野は？」

ちーくんは、えっちゃんの姿が見えないと、かならず最初に「荻野は？」と訊ねる。こういうかわいいちーくんを見られなくなるのは残念なのでわざわざ詮索《せんさく》したりはしないけど、えっちゃんのこと、気にしてるんだろうな。

「えっちゃん、今買い物中で……混んでるから邪魔《じゃま》になると思ってわたしは出てきたんだけど」

「そっか。うわ、なんだよ、あいつ、あんなにいっぱい買ってどうすんの？」

えっちゃんのカゴの中身が見えたのか、ちーくんも苦笑を隠せないでいた。

「どうだった、京都」

「へっ？」

「へじゃねえよ。楽しかったか？」

えっちゃんにもこんなふうに優しくすればいいのに。いつまでも憎《にく》まれ口ばかりじゃ上手くいくものも上手くいかないよ……なんて、へたれのわたしに言えたことじゃないけど。まだ店内で買い物を続けている本城くんを盗み見た。ちーくんには気づかれないよう、ほんの一瞬だけ。

ちーくんの質問にわたしが答える前に、みんながぞろぞろと店から出てきた。えっちゃんはちーくんの姿を見つけるなり、口元をゆがませてニヤリと笑う。

「霧島じゃん。なに？　あんこのことナンパしてんの？」

「荻野、おまえマジちょっと黙れ」

女子にしては背の高いえっちゃんと、男子にしては背の低いちーくん。そんなに体格差はなくて、えっちゃんはちーくんを容赦なく羽交《はが》い締《じ》めにする。

ふたりを微笑ましく思って見ていると、ふいに、つんと肩を突かれた。ちーくんの手のひらよりもずっと遠慮《えんりょ》がちなそれはあんまり優しくて、なんとなく、誰なのかわかってしまった。

「本城くん？」

正解だった。振り返った先には、わたしを優しく見下ろす日焼けした顔があった。

「お土産」

「えっ……」

本城くんがこちらに右手を差しだしたので、慌てて手のひらで受け止める。ころん、とわたしの手のひらに転がったのは、まあるくて白いものだった。

「妹のお土産選んでもらったから、お礼に」

本城くんがはにかんで笑った。

「安西さんは『あんこ』だから『あんみつ』なんて……ちょっと寒かった？」

寒いどころか、とつぜん熱くてたまらないよ。よくできた小さなあんみつ。その隣には、あのぶさいくなふてぶてしいネコが、背中を丸めて寄りそっていた。

「……あれ。もしかしてほんとにいらなかった？　ごめん、だったら」

手のひらを見つめたまま動かないわたしに、本城くんが心配そうな声を出す。そんなバカな、いらないだなんて、そんなわけがあるものか。だってこれは、まぎれもなく、本城くんがわたしのために選んでくれたもの。

「た、大切に！　大切にするっ！」

「え？」

「その……びっくりして。でも、『あんみつ』、すっごく嬉しい」

すっごく、すっごく嬉しい。嬉しいなんていうありきたりな形容詞じゃとうてい足りないくらい。

胸が熱い。喉が、瞳が、体中が、熱くてたまらない。でも、この熱にならいっそ焼かれて死んでしまってもいいと思った。

「本城くん、ありがとう。ずっと、一生、大切にするね」

無意識に、胸の前でストラップをぎゅっと抱きしめる。瞬間、ものすごいパワーが体に注入されていくような気がした。本城くんってやっぱりすごい人だって思う。

「……な、んか」

空気を短く切ったようにこぼれた声は、わたしのではなかった。

見上げると、このパワーをくれたその男の子は右手で顔を覆《おお》い、その表情を隠していた。

「そんなに喜んでもらえると思ってなかったし……なんか俺が今さら恥ずかしいんだけど」

「え……」

「いや、喜んでもらえてよかった、です」

ずるりと口元まで降りてきた右の手のひら。その向こう側には、顔を赤らめて目を逸らす、世界でいちばん好きな人がいた。

その姿を見て、わたしもぼんっと顔が熱くなる。熱いのがさらに熱くなったのに、爆発しないのが不思議でならないよ。

「……安西さんて、さ」

「は、はいっ」

右方向に逸れていた彼の瞳がちらりとこちらを向き、ばちっと目が合った。

「いや……やっぱ、なんでもないや」

「えっ？」

力が抜けたように本城くんは笑った。

「なんでもない、ごめん。……そろそろ集合時間だな。行かないと」

いつの間にか、あんなにたくさんいたうちの生徒がもうほとんどいなくなっていた。

本城くんが守田くんたちに声をかけにいく。

そんな光景を呆《ほう》けたまま眺めていると、えっちゃんがわたしのほうに駆けよってきたので、思わずとっさにストラップをポケットの中に突っこんだ。

べつに隠したいわけじゃない。どちらかというと、今すぐにでも世界中に自慢《じまん》したいくらい。ただ、少しの間、秘密にしておきたかったのだ。こっそりわたしにストラップをくれた本城くんのこと、なんとなく、誰にも知られたくなかった。

右のポケットが温かい。

「ねえ、本城となに話してたの？」

「ううん、べつになんでもないよ」

「なにそれ？　うわ、なんかえっち」

「なにが！　なんで！」

　えっちゃんにからかわれながら、少し前を歩く本城くんの背中を見つめて、さっき彼はなにを言いかけたのだろうと思った。

　バスに戻ってもぼうっとしていた。何度も右手をポケットの中に忍ばせては、その形を確認して、ひとりで赤面する。

　ストラップ、どこにつけよう？　こないだ買った新しいポーチにぶら下げようかな。それだと使っているうちに汚《よご》れてしまうかな。それはちょっといやだな。

　帰りのバスの中でも、何度盗み見ただろう。友達と談笑している本城くんの柔らかい髪が、焼けた首筋を優しく撫でるのがたまらなく好きで、胸が苦しい。

　いつも教室で見ている後ろ姿とは違う気がした。

　いや、違うのはわたしのほうかもしれない、と思った。

　違うの、どきどきが。心臓はたしかに暴れているのに、いつものそれとは違う。ぜんぜん、違う。

「えっちゃん」

「ん、どした？」

「わたし、本城くんのこと、自分が思ってるよりもずっと好きなのかもしれない」

体中にしんしんと響く、穏やかで優しい鼓動の音。これが恋をしたときの音なのだと思った。

「……どしたの、あんこ。ついにおかしくなった?」

「うん。そうかも。どうしよう」

わたしの、本城くんへのたしかな気持ち。それが胸の真ん中でずっと鳴りやまないまま、全身に熱を運んでいくのがわかった。

色違いシャツ

こんがり焼けた
小麦色の肌が
好き。

ぶさいくなネコのストラップは、悩《なや》みぬいた末、お気に入りのポーチにつけた。リップクリームを塗るとき。くしで髪を整えるとき。体育の前、髪をまとめるとき。一日のいろいろな場面で大切な思い出に出会えて、この上なく幸せな気持ちになれる。こんなこと、本城くんは知る由《よし》もないのだろう。

ネコが揺れるたび、わたしの心もいっしょに揺れる。

そんな気持ちを、知ってほしいけれど、ぜったいに知られたくないよ。

「あんこ、もうちょっとで大会だって知ってた?」

四限終了のチャイムと同時に、えっちゃんのぱきっとした声が降ってきた。ストラップを眺めてニヤついていた時だったから心臓が口から飛び出るかと思った。

「ねえ、あんこ最近よくそのストラップ眺めてるよね？」

「えっ？　そ、そうかなあ？」

「それ、京都のでしょ。どうしたの？」

わたしの前の席に腰かけ、お弁当を広げながらえっちゃんが口角を上げた。いつもからかわれているちーくんの気持ちがよくわかる。

「そ、そりゃあ、かわいいなあと思って買ったやつだから、ついつい見ちゃうっていうか、ね！」

「あー、なるほど、よくわかった」

えっちゃんは探偵《たんてい》のようにふむふむとうなずき、箸《はし》でつかんだシュウマイをこちらに向けた。

「本城だね？」

まるで罪《つみ》を言いあてられた犯人のような気分だ。

「もらったの？」

「ち、違……」

「自覚がないようだから言うけど、あんたってうそつくの向いてないからやめたほうがいいよ」

まぶたを半分下げ、横目でわたしを見つめるえっちゃんに、やっぱり隠しごとなどできそうにない。しぶしぶながらうなずくと、シュウマイを頬張ったえっちゃんはとても楽しそうにからから笑った。

「本城もなかなかやるねえ」

「やるとは……」

「べっつにぃ？　あんこの恋が上手くいきそうであたしはとっても嬉しいよ」

上手くいくとか、いかないとか。わたしの恋はまだ、そんな土俵《どひょう》にすら乗れていないのに。

好きっていう気持ちでいっぱいいっぱい。本城くんに好きになってもらうとか、そんなのは別次元のことのように思えて仕方がない。

「ところでさ、さっきの話なんだけど」

「あ、うん。大会がどうって言ってたね」

「なんかね、もうちょっとで陸上の大会があるみたいよ。あたし詳しくないからわかんないんだけど、本城もそれに出るんだって、野間たちから聞いた」

だから応援《おうえん》行こうよ、とえっちゃんは言った。

行きたい。わたしも本城くんのこと応援したい。

でも、なんだかそれって、あまりにあからさますぎない？　わたしが本城くんを好きだって、そろそろバレたりしない？

「……どうしたの、あんこ。黙りこんじゃって」

「わたし、鬱陶《うっとう》しくない……？」

「なにがよ？」

委員会のときは浮かれてしゃべりすぎてしまったし、遠足のときに合流したのは偶然じゃないということももうバレているかもしれない。いつも余裕がないことだって、きっとわからないわけがないだろうし……。

ときどき、ものすごく不安でたまらなくなる。本城くんはもうとっくにわたしの気持ちに気づいていて、本当は鬱陶しいと思っているのに、優しいからそう言えないだけなのではないかって。

こんなにも情けないほどネガティブになったことなど、生まれてから今まで一度だってなかった。

「ぜったいわたしの気持ちバレてるもん。鬱陶しいって思われてたら、死ぬ」

お弁当を食べることも忘れ、ひんやりとした机の上に顔を乗せる。

「そんな心配しなくてもね、本城ってたぶん相当な鈍感クソバカ野郎だから。あんこの気持ちになんか少しも気づいてないよ、あんなの」

そうだといいけど……。いや、なんだかそれはそれで悲しい気がしないでもないけど。

それにしてもえっちゃんはボロクソに言いすぎだ。それが彼女の親近感の表れなのだとしても、鈍感クソバカ野郎とはあまりにもひどい。

「あんこって本気で本城に恋してるんだね？」

わたしの額をぺちぺちと触りながらえっちゃんが言った。

「またそうやってバカにするー」

「してないよ。うらやましいなあと思ってさ」

そんなふうに余裕しゃくしゃくに笑っているえっちゃんのほうがよっぽどうらやましいよ。

恋は、ポジティブとネガティブが一定の周期でやってくる病気だ。幸せと不安が、喜びと苦しさが、交互にやってくる病気だ。

「ねえ、本城の応援行くでしょ？」

「……うん、行く。行きたい」

机に顔を乗せたままうなずいた。

「オッケー、決まりね！」

弾むように言ったえっちゃんの指が、同時にわたしの髪をかきあげる。クリアになった視界の中に、守田くんたちと談笑している本城くんの横顔が見えて、胸の奥がきゅんと苦しくなった。

「よう、あんこっ。いっしょに帰ろうぜー」

その日の放課後、えっちゃんと話しながら帰る準備をしていると、教室の後ろのドアからわたしを呼ぶ声がした。ハスキーだけど、男の子にしては高い声、もうすっかり聞き慣れた声。

ひょっこりと現れたちーくんの顔を見るなり、えっちゃんが「よう、チビ」とからんだのには笑ってしまった。

「チビじゃねえし、荻野は誘ってねえし」

「あら？　それはつまり、あんことふたりきりで帰りたいってこと？」

「ちっげえよ！　いちいちうるせえなマジで！」

「あらまあ、霧島くんも必死ねえ？」

このふたりを見ていると、いつか取り返しのつかない喧嘩《けんか》にまで発展してしまうのでないかとたまに心配になるけど、それだけ仲がいいってことなのだろう。こんなふうに軽口をたたき合える相手がいないわたしからしてみれば、うらやましい関係に思える。

ふと本城くんと冗談を言い合っている自分を想像してみたが、あまりにも現実味がなさすぎるので、悲しくなった。

「あれ、霧島じゃん」

さわやかな低い声が降ってきたのは、そんな気味の悪いことを考えていた、まさにそのときだった。

わたしが本城くんの声を聞き違えるはずがない。反射的にうつむくと、その先には彼のすらりと伸びた脚があって、また心臓が跳ねる。

本城くんの頭のてっぺんからつま先まで、そのすべてに心を奪われているのだと実感して、また恥ずかしくなった。

「よう、本城。あれ？　また黒くなったんじゃねえの？」

いつもえっちゃんにからかわれてばかりのちーくんが、今度はからかうように言った。本城くんが苦笑を浮かべる。

「いや、わりと気にしてるから、地黒なこと」

夏がもう目の前に迫《せま》っている。制服も、いつの間にか夏服へと変わっていた。

このじりじり照りつける太陽の下、毎日走っている本城くんは、やっぱり少し日焼けしたように思う。

そうか、気にしているのか、肌の色。本城くんはいつもかっこいいくせに、たまにこんなふうにものすごくかわいい男の子になるから厄介《やっかい》だな。

生まれたときからこうなのかな。それとも、今までの日焼けが蓄積されて、だんだんこの色になっていったのかな。なんにせよ、好きだけどな、わたしは、本城くんの小麦色の肌が。

こんなことを気軽に伝えられる関係なら、どんなによかっただろう。

「日焼け止めもちゃんと塗ってんだけどな」

「わはは！　え、おまえ日焼け止め塗ってんの！」

「だってこれ以上黒くなりたくないじゃん……」

日焼け止めを顔に塗る本城くんを想像して、ついつい表情筋が緩んでしまう。そんな顔を隠すためにとっさに横を向くと、ちーくんが「あんこも笑ってんぞ」と余計なことを言った。

「安西さんにまで笑われた。やっぱり男が日焼け止め塗るなんておかしいかな。そうだよな」

「そ、そんなことないよ！」

がばっと顔を上げる。目の前に本城くんの顔があってクラクラする。

「わたしは、いいと思う！　スキンケアできる男の子ってすてきだと思う！　かわいらしいっていうかっ？」

ああ、いつになったらわたしは本城くんと上手に話せるようになるのだろう？　まともな日本語を口にできるようになるのだろう?

　本城くんが息を吐いて笑った。

「そうフォローしてもらえるとなんか嬉しい」

　その顔は反則だと、いったい何度思わせれば気が済むのか。

　笑いかけてもらうたび、どんどん深みにはまっていく。この気持ちが消える日なんてこないいんじゃないかって思う。

「あ、そうだ!」

　いきなり、ちーくんの元気な声が空を切った。

「そういえばこないだ兄貴がライブのチケットくれてさ。〝あまいたまごやき〟ってバンドなんだけど、おまえら知ってる?」

「え、あまいたまごやき?」

　本城くんが声を上げた。

「お、知ってんの?」

「知ってる知ってる。ていうかけっこう好きだよ。こないだメジャーデビューしたばっかりだよな」

「らしいな。音楽はマジで疎《うと》いからわかんなくてさ。でも本城が好きならちょうどよかったぜ! 二枚あるから誰か誘って行ってこいよ?」

カバンの中からチケットを二枚、ひらりと取りだしたちーくんが、それを本城くんの胸に押しつけた。

「えっ、マジ？　いいの？　チケット代いくら？」

「ああ、兄貴も仕事で行けなくなったっつってたし、そのあたりはぜんぜん気にしないでくれってよ。好きで楽しんでくれるヤツがいたらそれでいいって」

ちーくんと、兄のみーくんはとても似ている。顔立ちや好みもそうだけど、なによりこういうところ。太っ腹というか、男気があるというか……。チケット代は気にしなくていいと言うみーくんを容易に想像できた。

「霧島、ほんとありがとう！　お兄さんにもお礼言っといて」

「おう。どんなもんだったかまた感想聞かせろよ」

チケットは二枚。本城くんは、誰を誘うんだろう？　あまいたまごやき、というヘンテコな名前のバンドならわたしも知っている。ここで立候補できるほどの気概《きがい》があればと思うけど、そんなことが簡単にできるならなにも苦労していない。

帰り際、今度の大会を応援しに行こうと思っていることと、頑張ってねとひと言、本城くんに伝えることができた。それだけでもやっとの思いなのは情けないけど、へたれのわたしにしてはよくできたほうだと思う。

本城くんはそのまますぐに部活に行ってしまい、えっちゃんは寄るところがあるらしく、校門で別れた。

ちーくんとふたりきりの帰り道というのは久しぶりだ。彼がサッカー部で現役《げんえき》だったころは、こうしていっしょに帰ることなんかはほとんどなかった。ちーくんが部活を引退したのは五月だっけ。

「あんこさ、引退までけっきょく見に来なかったよな、俺の試合」

「えっ？」

「本城の応援には行くくせによ。これってエコヒイキじゃねえの？」

ちーくんが拗《す》ねたように唇をとがらせる。

「ご、ごめん……。日程とか、ちゃんと言ってくれてたらわたしだって応援したかったよう」

「べつに、そこまでして来てほしかったわけじゃねえし」

「もう、拗ねないでよ。ごめんってばあ」

同じくらいの目線にあるちーくんの横顔がとつぜんふにゃっと笑った。

「バーカ、拗ねてねえよ」

その表情は幼いころとはどこか違って見えて、わたしたちもたしかに成長しているのだと妙に実感した。

ちーくんとの歴史はいったいどれくらいになるだろう。

彼はわたしの、わたしは彼のことなら、ほとんどを知っているように思う。好きな食べ物から恥ずかしいエピソードまで。お互い、もう家族みたいな存在だ。

「……なに見てんだよ？」

あんまりまじまじ見つめていたら、ちーくんが怪訝《けげん》そうな顔をした。

「ううん、なんだかわたしたちも成長してるんだなって思って」

「なんだよ、俺がかっこよくなったって？」

「あはは！　ちーくんはずっと、かっこよくてかわいいちーくんのままだよ」

「なんだよ、それ。バカにしてんのかよ」

少し背が伸びても。声が低くなっても。どれだけ成長しても、ちーくんはいつも変わらないちーくんでいてくれるから、わたしはこうして能天気に笑っていられるんだ。

ふと、レンタルCDショップの看板《かんばん》が目に入った。さっきのライブのチケットが頭に浮かび、思わず足を止めると、ちーくんが「入りてえの？」と声をかけてくれた。

「ちょっと寄ってもいい？」

「いいよ。俺もちょうど見たい映画あったんだ」

そう言ったちーくんは、入店するなり新作の映画コーナーへ行ってしまった。わたしはCDのコーナーへと向かった。置いてあるだろうか、あまいたまごやき。どこにあるんだろう？

熱烈《ねつれつ》に応援しているアーティストというのが今までとくにいなかったので、じつはこんなふうにCDを見に来ること自体が初めての体験だった。

「……あ。これ、かな？」

まだ出てきたばかりのバンドだからか、そのCDは売り場の端っこに、ちょこんと一枚陳列《ちんれつ》されているだけだった。かわいいジャケットだ。このCD、本城くんも持っているのかな？

「あまいたまごやき？」

「えっ？」

とつぜん、ちーくんの声が耳のすぐ側で響いた。反射的にCDを隠して振り返ると、ちーくんは意外そうな顔のまま口を開く。

「なんだ、あんこも好きだったのかよ？」

「いや、えっと……すごく好きってわけじゃないんだけど、何度か耳にしたことがあって。それで、今日たまたまその話になったから聴いてみようかなって……思って」

なんだか言い訳じみた説明になってしまった。変に思われてないといいけど……。

「ふうん……」

ちーくんは下唇を突きだしてうなずき、選んだDVDを持ってレジへ行ってしまった。

　わたしもそのままCDを借りて、ちーくんといっしょに店の外へ出た。もう夕方だというのにジメジメと暑い。本格的な夏が近づいてきている証拠《しょうこ》だ。

「……あんこさあ」

「うん、なに？」

　真面目くさった声につられるようにわたしも真面目な顔をつくり、ちーくんを見る。

「いや……べつに、たいしたことじゃねえけどさ」

「うん？」

「あんこって、好きなヤツとかいねえの？」

「えっ？」

　いきなりのことで面食らった。いかんせんこの十七年間、ちーくんとは恋愛の話を一度たりともしたことがなかったのだ。

　どうしてそんなことを聞くのだろう。まさかわたしの気持ちを気づかれてしまったとか、そんなわけではない……と思いたい。

「いや……最近、本城と仲いいみたいだからどうなのかと思って」

　しょっぱなから的を射ていて参《まい》る。どうやって誤魔化そうかと、ほとんどない脳みそをフル回転させていると、ちーくんが続けた。

「まあ、べつに好きとかそういうんじゃないならいいけど。余計なこと言って悪りぃな」

いつかちーくんには打ち明けなければいけない、と思った。今はまだやっぱり気恥ずかしさとかいろいろ邪魔《じゃま》してダメだけど、もう少ししたらきちんと伝えよう。本城くんのことが好きだって、ちーくんには、ぜったい。

「好きな人とか、そういう存在ができたら、ちーくんには報告するよ」

おう、とちーくんが明るく言った。

「まあ、俺のほうが先に彼女できるけどな？」

「ええ？　ほんとかなあ。ちーくんってかわいいからなあ」

「なんだよ、どういう意味だよそれ！」

優しくてムードメーカーなうえ、男らしくもあるちーくんのことを好きだという女の子は幼稚園のころから少なくなかった。ちーくんのほうが誰かの告白を受けいれたという話は聞いたことがないけど……。

どうなんだろう。彼女とか、好きな子とか、今までにいたことがあったのかな。

ちーくんって、いい彼氏になると思う。幼なじみのひいき目を抜きにしても、ほんとにそう思う。

あまいたまごやきの曲はすぐにスマホに入れた。通学のときに音楽を聴くことなんかなかったくせに、翌日からとつぜんイヤホンなんか装備《そうび》しちゃって、あまりの単純思考に自分でも笑ってしまう。

照りつける初夏の太陽を見上げ、鼓膜を揺らす軽快な音楽に耳を傾けながら、手のひらをかざした。赤い血がごうごうと巡《めぐ》っているのが見える。音楽を聴きながら登校するのもなかなかだなあと、いい気分になる。

「……さん！　安西さんっ」

とつぜん、肩をぽこんと叩かれた。聴覚を支配するさわやかなメロディーに混じって名前を呼ばれていたことに、やっと気づいた。

「はいっ」

イヤホンを耳から抜き、振り返ると、そこには最高にまぶしい微笑みがあって、気絶しそうになった。

本城くんだ！

驚いた。こうして登校中に会うことなんて今まで一度だってなかったから。

「おはよう」

「お、おはようっ」

「ごめん、もしかしてびっくりさせた？　安西さんだーと思ったらなんとなく声かけずにはいられなかった」

そんなことを言われたらどうにも舞いあがってしまう。きっと深い意味などないのだろうけど、こっちは心臓がばくばく暴れて、息が苦しくてしょうがないよ。

「あ……ええと、今日はちょっと遅いんだね？　朝練は？」

「うん。今日は休み。コーチが『ちょっとは休め』ってうるさくてさ。大切な大会控《ひか》えてんのに」

「毎日頑張ってるもんね、朝も、放課後も」

「そんなことないよ、ぜんぜん。俺なんてまだまだ」

本城くんは謙遜が上手い。だって本城くんが毎日練習を頑張っていることならきっとわたしがいちばんよく知っている。一年生の夏から、ずっと知っていた。ずっと、ずっと、見ていた。

ああ、いっそ、そう言えたらな。わたしにもう少しの勇気と大胆《だいたん》さがあればよかったな。

世の中の女の子たちはいったいどうやって好きな人と普通に接しているんだろう？　わたしなんかこうして隣で歩いているだけでもめまいがしているというのに……。

「そういえば、さっきなに聴いてたの？」

本城くんが訊ねた。

「イヤホンしてただろ？　どんな音楽聴くのかなって」

「あ……えっと」

本城くんはきちんと返事を待ってくれる男の子だ。いやな顔せず、笑いかけてくれる男の子だ。わたしにとっては、あの太陽よりもずっと、この微笑みのほうが体を溶かすには効き目がありそうだと思った。

「ええと、その」

「うん？」

「あ、あまいたまごやき……」

「えっ！」

涼しげな目が驚いたように開いた。どうしよう、ちょっとあからさますぎるかもしれない。さすがに変に思われたかもしれない。昨日の今日でこんな話があるわけがないもの。

「安西さんも〝たまごやき〟好き？」

なにを言われるかとどきどきしていたので、純粋な返答には逆に戸惑《とまど》ってしまった。

「あ、うん、たまに聴いてて」

「なんだ、だったら昨日そう言ってくれたらよかったのに！」

そう言うと同時に、ぱっと開かれていた切れ長の目がたちまち細くなり、目尻《めじり》にかわいい皺《しわ》が刻まれた。そして今度はその形のいい唇が開いた。

「せっかく霧島にチケット譲ってもらったんだからさ、今度のライブ、いっしょに行こうよ」

目がチカチカした。なにを言われているのか一瞬わからなかった。

「あ、もちろん安西さんの都合がよければなんだけど」

やぶから棒《ぼう》？　棚からぼたもち？

こういうの、なんて言うんだっけ？　予想外すぎる展開に思考は完全に停止。

「どう、かな？　やっぱりいや？　俺、目つき悪いし」

「そんなっ、わけっ、ないです！　あと目つきは悪くないっ」

「あはは、急に大声になった！」

うそ、どうしよう、どうしたらいいの。これはさすがに夢？

断る理由なんて見つからなかった。そんなのは地球のどこを探したってきっと見つからない。見つかりっこない。

だから、あれこれ考えてしまう前に首は縦に振った。

「い、行きたいっ、です。本城くんと、ライブ、行きたい」

「じゃあ決まり」

本城くんは少年のように笑った。

「あ……よろしくお願いしますっ」

「こちらこそ。楽しみにしてる」

昨日CDを借りてよかった。それでもって、今日聴いていてよかった。

嬉しい。本当に嬉しい。これは夢の中の出来事で、明日目が覚めたらなかったことになっているかもしれない。しかしそんなのはどうだっていい。今、本城くんと夢のような約束を交わせていることが、なによりも幸福だ。

なにを着ていくか、人生においてこんなに悩んだことはないと思う。

できるだけおしゃれをしたい。でもライブだし楽ちんなほうがいいのかもしれない。ていうかそもそも、本城くんは女の子のどういう服装が好きなんだろう？

ライブの約束をした日から毎日悩み続けて、そのくせ当日まで決まらなかったので、けっきょくえっちゃんに泣きついてしまった。

えっちゃんはまるで自分のことのようにはしゃいでくれて、「なにか進展あったら教えてね」と、電話の向こうでものすごく笑いながら言った。半分くらいは面白がっているかもしれないけど、嬉しかった。心強かった。

わたしが待ち合わせの駅に行くと、本城くんはすでにそこにいた。待つつもりで早めに出てきたので驚いた。

「ごめん！　待ったよね、ごめんね」

言いながら駆けよると、本城くんは口元をほころばせた。

「大丈夫、俺も今来たとこだし。それにもともとの待ち合わせ時間まであと十分もある」

「そうだけどっ」

「あはは、ふたりともそわそわしてんのかな？」

わたしがそわそわしている理由はまた別にあるのだけれど、それは言わないでおこう。

それにしても、初めて見る本城くんの私服があまりにスマートにキマりすぎていて、隣を歩くのが少し恥ずかしい。やっぱりスタイルがいいのは正義だ。なにをしたらそんなに脚が長くなるのかさっぱりわからない。

わたしなんか、寸胴《ずんどう》だし短足だし、ほんとにいやになる。おまけにTシャツに短パンなんていう男子小学生みたいな服装で来ちゃったから、きっと子供っぽさが際立っているに違いない。

「なに買おうか？　タオルとTシャツは買うべきかな」

会場へ向かう途中で配られていたフライヤーに視線を落としながら本城くんが言う。

「うん、タオルはぜったいほしいね」

「とりあえずなんか装備すると、無性にテンション上がるよな」

わくわくを隠しきれないって顔で言うのがどうにもかわいいと思ってしまう。わたしはすでに、こうしていっしょに歩いているだけで、ものすごくハイになっている。

会場の入り口がグッズの売り場になっていて、それなりに長い列ができていた。そこそこ人気のあるバンドだというのを実感した。

「Tシャツ買う？　何色にしようか」

売り場の隣にでかでかと掲《かか》げられている看板《かんばん》を見上げながら本城くんが言う。Tシャツやタオルだけでなくリストバンドなども販売されていた。玉子焼きの形をしたキーチャームがかわいくて、ちょっとほしくなった。

「グッズ、ぜんぶいいね！　Tシャツも三つともかわいいなあ。迷っちゃう」

「俺は白か水色かな。黒は色黒にはぜったいNGだし……」

後半はひとり言のつもりで言ったのだと思う。しかしあんまりかわいい発言だったので黙っていられなかった。

「本城くん、気にしすぎだよ！」

思わず、笑ってしまった。本城くんが心外ってふうにこっちを見たので、本当に気にしているんだなと思った。

「けっこう真剣《しんけん》なのに」

「ううん、ぜったい気にしすぎ。わたしは小麦色の肌、すごくすてきだと思うよ」

「え？」

「え？」

わたし今、なんて言った？

「……あ、いや！　今のはなんていうかっ」

「安西さんってほんとに天使みたいな子だよね」

「えっ？」

本城くん、なんとおっしゃいました？

目の前の景色のピントがぜんぜん合わない。夏でよかった。こんなに顔が熱いのも、ぜんぶ熱気のせいにできる。

「……え？」

数秒の間が空いたあと、きょとんとしていた本城くんが我に返ったようにはっとしたのがわかった。

「うわ、なに言ってんだ俺……」

遠足のときと同じ。本城くんは右手で口元を覆い、横を向いたまま、うなだれているようにも見えた。

「ごめん、なんつーかその……今のはべつに変な意味じゃなくて」

「うん、わたしもさっきの、ぜんぜん変な意味じゃなくって……」

「うん。わかってる。ごめん。……ああもう、俺らなにしてんだろうな？」

ふたりして気が抜けたように笑った。いっしょに顔をパタパタとあおいだのがおかしくて、また笑いあう。

「Tシャツどうする？　安西さんは白が似合うと思う、俺」

仕切りなおすように本城くんが言った。そのひと言で、迷う余地《よち》などなくなり、一瞬で白に決まった。

「本城くんは水色がいいな」

「やっぱり黒は似合わないって？」

「ええっ、違うよ!?　そうじゃなくて……本城くんって夏のイメージだから、水色がすごく似合いそうだなって」

誰よりさわやかな本城くんには、なによりさわやかな色が似合う。

「だからあの、黒がダメとかそういうことでは……」

本城くんが笑った。ちょっと冗談めかしたような笑い方だ。

「ごめん、冗談。安西さんがそう言ってくれるなら俺は水色にしようかな」

水色と白のTシャツ、それからタオル。購入したあとでおそろいだということにやっと気づいて、またもや失神《しっしん》しそうになったのだった。

三時間に及ぶライブは本当に最高だった。ライブハウスは、始まりから終わりまで、ずっとぐらぐら揺れていたように思う。

生の楽器の音を耳にするのは初めてで、ものすごい迫力に気圧《けお》されそうになった。ボーカルのアキさんは、ＣＤで聴くよりもずっとセクシーな歌声をしていた。メンバーみんなが本当にかっこよくて、もっともっと、バンドを好きになった。

それでもやっぱり、隣を歩いている人が世界でいちばんかっこいい。少なくとも、わたしにとっては、そうだよ。

ほてった体を夏の夜風で涼ませながらライブの感想を言い合った。本城くんよりもわたしのほうがたくさんしゃべってしまった。それでも本城くんは聞いてくれるし、楽しそうに笑ってくれる。何度でも思う、この笑顔は反則だと。

「本当にいいの？　家まで送ってもらうなんて申し訳ないよ」

わたしの家の最寄り駅で降りたところで足を止める。本城くんの最寄りはあと五駅先のところらしいから、わざわざついてきてもらうのはさすがに忍びないと思ったのだ。

しかし本城くんは首を横に振った。

「夜遅いんだし当たり前だよ。安西さんになんかあったら俺、ぜったい後悔する」

もしかして、わたし今、女の子扱《あつか》いしてもらえているのかな？　幸せ死というものがこの世にあったら、わたしはすでに何度も死んでいる気がしてならない。

「本当にありがとう」

「もうちょっと、安西さんと話してたいだけだよ」

本城くんはなんでもないことのように言った。からかわれているのかと思う。

「安西さんと霧島って、たしか幼なじみだっけ?」

わたしのどきどきにかまうことなどなく、本城くんは言葉を続けた。

「うん、そうだよ。もう家族みたいなものなの、ちーくんって」

「そっか」

そういえばこないだ、ちーくんにも本城くんの話をされたっけな。ふたりはどれくらい仲良しなのかな?

「……あのさ」

本城くんの低い声が夜道に落ちた。彼が震わせた空気が心臓にまで伝わって、どきどきした。

「安西さんって……」

「はいっ」

「……いや、なんでもない、ごめん」

既視感《きしかん》だった。京都のときと同じ。

あのときも本城くんはなにか言いかけて、同じように『なんでもない』と言ったのだった。

「……前と、同じこと？」

思わず口をついて出た。

「え？」

「京都でもなにか言いかけたでしょ？　ネコのストラップくれたとき。あのときと、同じこと？」

気づけば両足が歩みを止めていた。本城くんはすでにわたしのほうを向いていた。そして、小さく息を吐いた。

「……そっか。そういえば、そうだっけ」

まるでひとり言みたい。いつも目を見て話してくれる人だから、目線が合わないとちょっと不安になる。

そんなに言いにくいことなんだろうか。鬱陶しいって……やっぱり、そろそろ思われてしまっているのかな？

「や、ほんとにたいしたことじゃないんだ。ていうか、あんまり聞くのもどうなのかなと思うような……」

右、左、右、それから斜め下。せわしなく動いていた漆黒《しっこく》の瞳が、やがてゆったりとわたしの瞳を捕まえた。

「安西さんて、恋人とか……好きなヤツとか、いる?」

「え……?」

彼氏、ではなく、恋人、という言葉を選ぶところが好きだと思った。しかし今はそれどころではない。

質問の意図がわからない。それでも、いい意味に捉《とら》えてしまう。もしかしたらと思ってしまう。

でも、ダメ。ダメだ。これで違ったらきっと立ちなおれないから、ダメだ。

きっと興味本位《きょうみほんい》で聞かれているのだ。そう思っておかなければ。

「い、いませんっ」

前のめりで言った。間違った答えだった。

「いや、違うっ、いますっ。あれ? これも違うな、ええと」

自問自答を繰り返すわたしに、とうとう本城くんが「ぶっ」と吹きだした。

「安西さん、テンパりすぎ」

「わ、笑わないでよう……」

さっきの真剣な表情とは裏腹《うらはら》だ。本城くんが大きく口を開けて笑っているから、なんだか気が抜けてしまったよ。

「あの。恋人は、いません。好きな人は、います。……います」

　このまま「あなたのことが好きです」くらい言えたらいいけど、わたしにはぜったい無理。

「……はい、わかりました」

　本城くんが表情に笑みを残しながらうなずいた。

「ほっ、本城くんはどうなんですかっ」

　声が裏返る。それでもよく聞いたと自分で自分を褒めたい。

「俺も同じ。前にも言ったけど、彼女はいないよ。好きな子は……たぶん、いる」

「た、たぶん……？」

「たぶん」

　それはちょっとずるい答えだ。そういう不服《ふふく》な気持ちが顔に出ていたのか、本城くんが付けたすように口を開いた。

「でも、けっこう前から気になってて」

「え……その子のこと、長い間、好きなの？」

「うん。自分でもびっくりしてるくらい」

　さっき、ダメだって思っておいてよかった。暴走しないでよかった。流れに任せてうっかり告白などしないでよかった。

本城くんがわたしという存在を知ったのはたった数ヶ月前のことだ。とてもじゃないけど〝長い間〟と言えるような期間ではない。

ちっとも不思議じゃないんだよ。わたしが本城くんに恋をしたように、本城くんだって誰かを好きになるのは当然のこと。ただ、そういう考えがすっかり頭から抜けおちていただけだ。

「そう、なんだね」

気のきいた言葉がひとつも出てこない。こうして恋の話をできるくらい仲良くなれたのは嬉しいけど、違うの。違うんだよ、本城くん。

わたしは、本城くんのことが好きなのに。

「いつか、教えてね、好きな人のこと」

泣きそうなのを我慢して言ったせいで、おかしな声になってしまった。

「うん。安西さんも、いつか」

苦しい。本城くんにこんな顔をさせる女の子がいると思うだけで、どうしようもなく苦しい。

応援していると言いたいのに、うまく言葉にならない。喉が震えてくれない。おかしいな。

「あ……うちもうすぐそこだし、ここで大丈夫。ありがとう」

「え、家の前まで送るよ」

「ううん、大丈夫！　今日はほんとにありがとね、おやすみなさいっ」

返事を聞かないうちに踵《きびす》を返し、そのまま地面を蹴《け》った。これじゃまるで逃げたみたいだ。我ながら感じ悪いと思ったけど、もうどうでもいいような気もしていた。

本城くんに好きな女の子がいる。

たったそれだけで、まるで世界が終わってしまったみたいだった。


夕食は大好きなカルボナーラだったのに、どうにも喉を通らなかった。最高のライブで胸がいっぱいだからと誤魔化し、不思議がるお母さんを振りきって風呂場に直行した。

お湯がぬるい。追い焚きをしながら湯船をかき回し、その渦をじっと見ていた。ぐるぐる回っている。いろんなことが、頭の中を回っている。

本城くんはただただ、本当に優しい男の子なのだ。分け隔《へだ》てなく誰に対しても同じように優しくできる、すごく平等な男の子。その優しさにいちいち舞いあがっていたのはわたしだった。そう、たぶん、知らず知らずのうちにほんの少しくらい期待してしまっていた。

恥ずかしい。

涙が出た。告白、する前に、失恋してしまった。しょっぱい滴《しずく》が渦の中へと溶けていく。こんなふうに、この気持ちも溶かして消してしまえたらいいのに。

ベッドへ入っても寝つけなかった。何度も何度も、泣きそうなのをこらえた。たまらずえっちゃんに電話をかけた。

「ライブどうだったあ？」

つながるなり、電話の向こう側から聞こえたのは能天気な声。ちょっとだけ、笑えた。

「ライブは楽しかったよ、すごく」

「……あれ？　どうした？　もしかして泣いてた？」

えっちゃんが男の子だったらよかったのにと、何度だって思わされる。もしそうだったらわたしはぜったいにこの人に恋をしていた。

「あんこ？　どうしたの、本城となんかあった？」

優しすぎる声にまた視界が歪《ゆが》む。

「うう、えっちゃん……」

「ほら、泣かないで」

涙が止まらなくなってしまった。どうしてこう、えっちゃんはいちいち男前なのかな。いつもはこれでもかってくらいいじわるなくせに。面白がって笑うくせに。いざというときにはいつも、こんなふうにとびきりに優しいから、困る。

「ねえ？　あんた、まさか告白……」

「……する前に、振られた」

「はあ⁉　なんでよ⁉　やっぱりあいつ彼女いたのかっ」

「ち、違う！　怒んないで！」

えっちゃんは一度怒ると鎮火《ちんか》に時間がかかるので事前の抑制《よくせい》が大切だ。もっとも、なんとなくもうすでに怒っているような気はするけど……。

「ごめん、わたしの言葉が足りなかった。今日ね、本城くんと恋の話になってね。……好きな人がいるって、言われた」

「はあ？　相手は誰だって？」

「それはわかんない。怖くて聞けないよ、そんなの」

自分から完膚《かんぷ》なきまでに失恋するなんてぜったいにしたくない。できない。

えっちゃんの大きなため息が聞こえた。そのあとで「バカだね」と言われた。あきれたような言い方だった。

「もしかしたらその相手があんこの可能性だって、なきにしもあらずでしょう？」

「そんなわけない、それはぜったいにない！」

「なんでさ？」

なんでと言われても。だって……そうとしか思えないよ。

「ずっと、気になってるんだって。けっこう前からだって言ってた」

「言ってるだけかもよ？」

そんなことを言いだしたらきりがないよ。

「あんこにだけストラップくれたり、ライブに誘ったり、実際されてるわけじゃない？　普通、なんとも思ってないような子にそんなことしないと思うけど」

「違うよ、本城くんは誰にでも優しいから、たぶん深い意味はなくて」

「それでもさ、自分は特別だって思わないの？」

そう思っていたのだ。たった数時間前までわたしもそんな勘違いをしていたし、恥ずかしい期待だってしてしまっていた。

「ていうか、もし仮に本城に好きな女がいるとしても、それで可能性がゼロになるわけじゃないよ。人の心は変わっていくものなんだから」

えっちゃんのような、強い女の子になりたかった。そんなふうにかっこよく、物事を考えられるようになりたかった。

少しの沈黙《ちんもく》が続いたあと、えっちゃんは小さく「ごめん」と言い、

「それがあんこのいいところでもあるんだけどね」

と付けたした。

「でも、あんこは本城の〝彼女〟になりたいんだね」

頭を殴《なぐ》られたような衝撃だった。

「そ、そんな畏《おそ》れ多《おお》いことなど、ぜんぜん……」

スマホを耳に押しあてたまま、顔の前で手をぶんぶん振る。

「そう？　好きな女が他にいるって聞いてショック受けて泣いてんでしょう？　それってつまり、片思いでは満足できてないってことだよね？」

「そう、なの……かな？」

「そうなんだよ。わかったらもう、見てるだけでいいとか子供みたいな思考やめな？」

そうなのかな。わたしは本城くんの〝彼女〟になりたいのかな。

走っているところを見るのが好きだった。二年間、ずっとそれだけで満足していた。それが、同じクラスになって、名前を知って、同じ委員になって、目が合って、話すようになって、ふたりで出かけて……。

どんどん近づいて、どんどんわがままになってしまっていた。自分でも気づかないうちに、贅沢《ぜいたく》でわがままな願望を胸に秘めるようになっていた。

照れたときに下がる眉も、襟足に触れるやわらかい髪も、笑うと覗く八重歯も、あの優しい笑顔がわたしだけのものになったらどんなに幸せだろう、と。

「大丈夫、あんこ。あたしが見る限り、あんたはどの女よりも本城と親密だよ。だから自信持っていい。あいつが誰を好きだっていいじゃん。もし頑張るつもりなら、いっぱい協力する」

涙などいつの間にかすっかり乾《かわ》いてしまっていた。えっちゃんが、あんまり男前だから。

「ありがとう、えっちゃん」

「あんこにはあたしがついてるからね。無敵《むてき》だよ。どんな女にも負けないね」

頑張りたい。せっかく生まれた大切な気持ちなのだから、最後までしっかり育ててあげたい。

叶わなくたっていい。

それでも、叶ったらいいなって、ほんの一ミリくらいは思っている。

カラフル花火

前を向いて走る
その姿がとても
好き。

陸上の大会が近づいていた。本城くんは前にも増して練習《れんしゅう》漬《づ》けの毎日で、わたしはときどき見に行ったりしていた。

やっぱり走る姿が好きだと実感する。どれだけ見ていても飽きない。どんどん好きになっていく。

「そういえば本城。今度の大会ってなんなわけ？　県？　地区？」

「インターハイ」

「ぶっ……はあっ？」

終業式のあと、もうすっかり行きつけになったあのドーナツ屋で、ちーくんがメロンソーダを吹きだした。正確には、もう少しで吹きだしそうになっていた。えっちゃんとわたしも同じだった。

「インターハイって、全国かよ？」

　本城くんがうなずく。

「すげえヤツだってのはなんとなく知ってたけど、全国レベルって普通じゃねえよ。ふざけんなっ」

「なんで怒られてんのかぜんぜんわかんね」

なぜか憤慨しているちーくんに、本城くんは軽快に笑った。

「つうか陸上のことよく知らねんだけど、なに？　長距離だっけ？　マラソン的なことしてんの？」

「俺は五〇〇〇メインでやってる」

「へえ。タイムどんくらいなの？」

「だいたい十四分台前半で走るよ」

五キロを十四分。それってどれくらいすごい記録なのかな。普通はどれくらいで走るものなのかも、ぜんぜんわからないや。わたし、けっこうなんにも知らないんだ、陸上のこと。なんだか本城くんが雲の上の存在のように思えてしまった。

　それでも当の本城くんはにこやかに笑い、おまけにドーナツを美味しそうに頬張っている。

そんな彼を横目で見て、「はぁー」と、ちーくんが大きく息を吐いた。

「あー、くそ。本城かっけえなあ……」

「え、なに？」

「なんでもねーよバカ。頑張れよバカ。応援行くからなバーカ！」

なんというツンデレ！　本城くんが驚いたようにまばたきを繰り返し、笑う。

「ありがとう」

「ぜったい優勝しろよっ」

ちーくんって幼いころからずっとこう。えっちゃんが早くこのかわいさに気づいてくれたらいいのにと思う。

思わずえっちゃんのほうに目をやると、ぱちっと目が合い、口元だけでニタッと笑われた。さてはまたなにか面白がってるな。

「本城。あたしもあんこも行くからね、応援」

「え、ほんとに来てくれんの？　すごい嬉しい」

わざわざありがとう、と本城くんが笑った。

同時に彼のかわいらしい八重歯がちらりと覗いたので、どこを見たらいいのかわからなくなってうつむいてしまう。

「大会いつだっけ？」

ちーくんが思い出したように訊ねた。

「来週末。もうほんとにあとちょっとだから気合入れないと」

「うわ、そうだなあ。マジで頑張れよ」

「うん、ありがとう」

頑張ってねと、慌ててわたしも言ってみた。ちーくんに便乗《びんじょう》するようで情けないけれど、これがいっぱいいっぱいだった。

それでも本城くんは笑ってくれる。ありがとう、と優しく言ってくれる。惜しみなくありがとうを言う男の子だ。やっぱり好きだよ、本城くん。そういうところが、すごく好きなんだと思う。

大会は来週末、七月三十日だ。もう七月も終わりなのかと思うと、時の流れの速さに妙な焦りを感じた。

七月二十九日は目が覚めた瞬間からそわそわしっぱなしだった。明日はいよいよ本城くんの大会なのだと思うとどうにも緊張してしまう。

夕食後はすぐに自室にこもった。どうしても家族とテレビを見る気分にはなれなかったのだ。ベッドに横になり、クッションをぎゅっと抱きしめる。それから目を閉じてみる。どくどく、鼓動の音が体の真ん中で響いている。

どうか、どうか、本城くんが明日、自分の力を出しきれますように……。

祈《いの》るように心の中で唱《とな》えたまさにそのとき、スマホがぶるると震えたので思わず飛びおきた。それから、画面を見て、もっと驚いた。

[本城夏生]

アイコンの隣にはたしかにその名前が表示されている。目を疑った。本城くんのことを考えすぎて、ついには幻覚《げんかく》まで見るようになったんじゃないかって。

ただでさえ速かった心臓がさらに暴れだす。体中の血液が倍速で流れていくみたいだった。

[急にごめん。安西さん、今時間ある?]

送り間違いかと思ったけど、安西さん、と書いてあるし、たしかにわたし宛《あ》てで間違いなさそうだった。

なんで?

なんで?

どうしたんだろう。いったい、どういうことだろう。

[うん。どうしたの?]

震える指先で送信。メッセージって、顔が見えないからありがたいや。

［少し話したいんだけど、今から会えないかな］

「え？」

すぐに送られてきた返事に、思わず声が出てしまった。

［今から？　本当に？］

我ながらなんて情けない返事なんだろうと思う。会えるよ、会いたい、と即答できたらいいのに。どこまでも臆病《おくびょう》で小心者な自分に嫌気が差す。

ものの二、三秒で既読はついた。そして、画面を閉じる間もなく、返事は来た。

［うん。迷惑じゃなければ、会って話せないかな］

これはいったいどういう意味？

正直、今すぐえっちゃんに電話したい。こういうときにはどうするべきなのか、教えてもらうために。

でも、どうするべきなのか、どういう返事を送るのが正解なのか、本当は知っている。わたしに足りないのはあと少しの勇気と大胆さ。ちゃんと、わかっている。

だから、震えたままの指先で、必死に画面をタップした。

［うん、大丈夫だよ。どこに行けばいいかな？］

［俺が行くから安西さんの家のだいたいの場所教えて］

本当に？　本当に、今から本城くんがここに来るの？

どういうつもりだろう。本城くんは、どんな顔をして、どんな気持ちで、これをわたしに送っているのだろう。

だいたいの場所といってもとくに目印になるような建物もないので、そのまま自宅の住所を送った。すぐに「ありがとう、たぶん三十分くらいで着くと思う」と返事が来る。

その三十分の間に死ななければいいな。そんなバカげたことを思うくらい、どきどきしていた。

ああ、落ち着かないよ！

「お母さん、ちょっと出てくるね！」

「え？　どうしたの？」

「ちょっと……いろいろとあって！」

いてもたってもいられなくて、リビングのお母さんに声をかけると、外に出た。オレンジ色と紺色が混ざる西の空があまりにもきれいで、心がじーんとして、涙が出るかと思った。

本城くんがやって来たのはそれから二十分ほど過ぎたころだった。言われていたよりも早い到着だったので、まだ心の準備ができていなかった。勢いよく立ちあがる。

本城くんは、Tシャツにジャージ姿で、自転車にまたがっていた。

「急にごめん。まさかずっと外で待っててくれてた？」

「ううん、大丈夫！　それよりびっくりしたよ……どうしたの？」

自転車から降りた本城くんがゆったりとかぶりを振る。

「いや、べつにどうもしないんだけど、いよいよ明日かと思うと落ち着かなくて」

いつもより少しこわばっている気がする横顔を見上げて、胸の奥がきゅんとする。

雲の上の存在だと思っていた彼を、なんとなくこないだよりも少し近くに感じられた。

「安西さん、自転車乗れる？」

唐突に、本城くんが言った。自転車？

「うん、たぶん人並みには乗れると思うけど……」

「じゃあちょっと付き合ってもらいたいんだけど、いい？」

言いながら、本城くんは握っているハンドルをわたしのほうに向けた。その大きな手を見て、またどきどきした。

「走る」

「えっ？」

「隣で走ってほしい。きつくなったら遠慮なく言って」

わたしに自転車を預け、言うやいなや地面を蹴った本城くんに置いていかれないよう、慌ててサドルにまたがった。

地面に足が着かない。本城くんとわたしでは、悲しいほどに脚の長さが違いすぎる。いつの間にか日は落ちきっていた。黒い空の真ん中で金色に輝く月が信じられないほどきれいだった。

　ふたりで並んで走っている間、会話はいっさいなかった。あるのは、規則的な彼の息づかいと、車輪の音だけ。等間隔《とうかんかく》に灯《とも》る街灯《がいとう》の下を走る本城くんに引き離されないよう、わたしも必死でペダルをこいだ。真剣な横顔に見とれて何度も転びそうになった。

　夢みたいだ。こうして走っている本城くんを、こんなにも近くで見られるなんて。

　もうどれくらい走っているだろう。隣の本城くんは驚くほどに速くて、わたしは自転車に乗っているくせにもうへろへろだ。

　そんなわたしに気づいたのか、本城くんはやがて、せわしなく動かしていた足を止めた。

「ごめん、疲れたよな」

「ううん。本城くん、ほんとに速いんだね！　すごい」

「……ちょっと歩こうか」

　言いながら、肩で息をしている彼がそっとわたしの手からハンドルを奪い、自転車を引いてくれる。こういう小さな優しさが、好きの気持ちを大きくさせていく。

ふたたび夜の闇《やみ》に沈黙が訪れた。やがてふたりの息が整ってきたころ、口を開いたのは本城くんのほうだった。

「明日でいちおう引退なんだ、俺」

「そっか、そうだよね……」

「うん。だからどうしてもそわそわしてさ。俺の高校生活、ほとんど部活だったから」

知っている。ずっと見ていたもの。

本城くんの高校三年間が部活だというのなら、わたしの三年間はその本城くんで間違いないと思う。それくらいずっと見てきたのだ。本城くんが、誰よりも頑張っているところ。

明日は本城くんにとってとても大切な日。でもきっと、わたしにとっても、大切な日。

本当に引退しちゃうんだ。頑張ってほしいけど、やっぱり寂しいよ。もう走っているところは見られなくなるのかと思うと、どうしても。

「俺の自己ベスト、十四分十秒なんだけど」

「うん」

「明日はそれ更新《こうしん》するよ、ぜったい」

本城くんが歩みを止めた。わたしを見下ろす瞳は真剣そのもので、首を縦に振るのでせいいっぱいだった。

やっぱり明日は特別な日なんだ。だからわたしも全力で応援したい。彼の真剣を、少しでも手伝いたい。

「……本城くん」

ああ、今わたし、なにを言おうとしているんだろう?

「もし、もしね、本城くんが自己ベスト更新できたら」

少し高い場所にある本城くんの顔を見上げる。広い肩の向こう側で輝いている星たちを見て、これは夢なんじゃないかって錯覚《さっかく》に陥る。

ううん、きっと夢だ。こんなのは夢に違いない。こんなに美しい星空の下で本城くんと見つめあっているなんて幸せなこと、現実に起こるわけないもの。

そうだよ。だから、わたしは今、こんなにも大胆なことを言おうとしているのだ。

「八月五日の花火大会、わたしといっしょに行ってください」

弾かれたように、ふたつの切れ長の目がわたしを見下ろす。てらてらと濡《ぬ》れた瞳がわたしを優しく映《うつ》しだしていた。

いったい自分がなにを言ったのかわからない。わからないけど、今は、どうしても目を逸らすことができない。

「八月五日」

本城くんはたしかめるようにゆっくりと繰り返した。そこでやっと、今まで黙りこんでいた心臓がばくばくと暴れだした。

わたし、なにを言ってしまった？　夢なんかじゃない、これは現実なのに！

八月五日、その日は本城くんの十八歳の誕生日。そんな大切な日をわたしがもらっていいはずがない。断られるに決まっている。十秒前の自分の口をふさぎたい。どうしてこんなことを口走ってしまったのだろう……。

「いいの？」

それなのに、本城くんは予想とはぜんぜん違うことを言った。

「花火大会、俺でいいの？」

本城くんはもう一度言う。きっとわたしが言うべきだったセリフを、なぜか真面目な顔で言う。

「本城くんこそ……誕生日がわたしで、いいの？」

「覚えててくれたんだ」

日焼けした顔が少し笑った。どこかピンと張りつめていた空気がふっと緩む。

「もちろんだよ！　でも、だから、大切な日だしいいのかなって……思って」

語尾が力なく消えていく。自分から誘っておいて今さら怖気《おじけ》づくなんて、わたしってどこまでも情けないよ。

「うん」

本城くんは静かにうなずいた。そして短く声を出した。

うん、うん――って？

「俺、自己ベスト更新する」

本城くんはさっきと同じことを言った。でもさっきとはぜんぜん違う響きに聞こえた。泣きたいような笑いたいような気持ちになる。

好きな女の子って誰ですか。いっしょに花火を見るのはその子じゃなくていいのですか。

そんな優しい笑顔を向けられると期待してしまうよ。ダメだよ。わたしみたいな子を舞いあがらせて、そんなふうに笑うなんて、あなたは優しい顔をした悪魔なの？

ああ、でも、本城くんにならこの心臓をまるごと奪われたって、もうかまわない。


七月三十日は驚くほどの晴天だった。朝、目が覚めてカーテンを開けたとき、なんとなく今日はすてきな日になるような予感がした。

「あんこっ、霧島っ、こっちこっちー」

競技場にはすでにえっちゃんがいた。遠くから大きく手を振ってくれる彼女に駆けよる。そのかたわらには守田くんと野間くんもいた。

えっちゃんは珍しく長い黒髪をポニーテールにしていて、なんだかいつもより色っぽく見える。両耳で輝くピアスも普段より大きめのものだった。

「えっちゃん、おはよう。場所取りありがとう」

「いえいえ。それにしてもあっついねえ」

タンクトップの袖口から伸びる白い腕をまぶたにかざし、えっちゃんが大げさな苦笑を浮かべる。

どきりとした。その仕草があんまりきれいで。やっぱりえっちゃんは魅力的《みりょくてき》な女の子だよ。

「この炎天下で走るんだね、本城。素直にすごいよ。あ、霧島！　飲み物買ってきてくれる?」

「ああ?　なにさらっとパシリに使おうとしてんだ、ふざけんな」

「だって暇そうだから」

「あいにく暇じゃねえよ！」

えっちゃんとちーくんには報告しようか迷う。昨日の夜、本城くんと会ったこと、そして花火の約束をしたこと。

なんとなく言えないでいるのはどうしてだろう。恥ずかしくて、嬉しくて、幸せで、言葉にしたらそれがすっかり消えてしまうような気がして、怖いのかもしれない。

いつの間にか周りがざわつきはじめていた。会場全体が高揚感《こうようかん》と緊張感でとぷとぷと満たされていく。

ああ、もう少しで始まるのだ。本城くんは今、どこでなにをしているのだろう。

インターハイは毎年決まった場所でなく、いろいろな場所で開催されているらしい。今年はたまたま近場だったのでラッキーだと本城くんが言っていた。

わたしもラッキーだ。あんまり遠い場所だったらきっとこんなふうに見に来られなかった。本城くんのこんなにも大切な日を、こうして直接見届けられるなんて、ものすごく運がいい。

「あんこっ。もうちょっとで始まるよ!」

えっちゃんに肩を叩かれてはっとした。同時に変な汗が噴きだした。

目の前に広がる赤茶色のトラックに目を移すと、さまざまな色のユニフォームを着た選手たちが歩いているのが見えた。

「お?　あれ、本城じゃね?」

ちーくんが興奮したように言う。心臓が跳ねる。どれどれ、とえっちゃんが身を乗りだし、答えるかわりにちーくんがひとりの選手を真っすぐ指さした。

すぐにわかった。でも本当は、ちーくんが言うよりも先に見つけていた。青と白のユニフォーム、ゼッケンの番号は二六一。

そういえば、こういうちゃんとしたユニフォーム姿って初めて見る。こんなに遠い場所から見ても本城くんはかっこいいよ。やっぱり今日も世界一だ。

「どうしよう……緊張してきた……」

「もう、あんこってば。こっちおいで、ほらほら」

えっちゃんがぎゅっと抱きよせてくれる。そしてそっと、その白くて美しい手のひらを重ねてくれる。

まだ始まってもいないのに泣きそうだった。ここに座っているだけで全身のエネルギーをものすごい勢いで消費しているように思えた。

頑張れ、頑張れ、本城くん、頑張れ。

呪文《じゅもん》のように心の中で何度も繰り返した。そしてとうとう、その瞬間は来たのだった。

白いラインの少し手前、ずらりと並ぶ選手たち。数えてみたら十八人もいた。ここまでびんびん届くほどの気迫に思わず圧倒された。本城くんは列の真ん中あたりにいた。

心の準備なんてする間もなかった。気づけばピストルは鳴り響き、同時に全員が地面を蹴っていた。

夏の風が吹いていた。強い日差しが照りつけていた。歓声《かんせい》が上がっていた。

その時間を、いったいどう説明したらいいんだろう？

とても、静かで。とても、うるさくて。とても、短くて。とても、長くて。

わたしの瞳はただその姿を追うのにせいいっぱいで、ちゃんと呼吸ができていたのかすらわからない。

本城くんは先頭集団にいた。インターハイの決勝に出場できるような選手たちとのレースで、こうして前のほうを走る彼は、きっと本当にすごい人なんだろうなあとぼんやり思った。

やっぱり本城くんはとてもきれいな姿で走る。

背筋を伸ばし、真っすぐ前だけを見ている姿は、わたしが彼に恋するきっかけになったそれとまったく同じだった。

どうしようもなく胸が苦しい。そして、何度だって思いだす。

わたしは、走っている本城くんが、とても好きなんだと。

約十五分後、ゴールテープを切ったのは本城くんではなかった。

まったく声が出なかった。会場はやかましいほどの歓声や悲鳴《ひめい》に包《つつ》まれているというのに、わたしは最初から最後まで声に出して応援すらできなかった。座っているのがやっとだ。呼吸をするので、いっぱいいっぱいだ。

「あんこっ、本城五位だよ！　すごいじゃん！　なにあいつ、すごいんじゃん！」

「本城マジ速えな！　やべえ、鳥肌立った！」

えっちゃんが興奮したように目を輝かせる。ちーくんも立ちあがっていた。守田くんも、野間くんも、拍手《はくしゅ》をしながら嬉しそうに笑っていた。

わたしだけ、どうしても、声すら出せない。それなのに涙だけはバカみたいに出てくる。

結果は五位。自己ベストを更新できたのかはわからない。表情は見えないけれど、本城くんは前を向いてトラック上を歩いていた。

「えっ、あんこ……泣いてるの？　もう、泣かないでよ。五位って十分すごいよ」

えっちゃんがぎゅっと抱きしめてくれる。そして優しく頭を撫でてくれた。

違うんだ。五位で嬉しいとか、悔しいとか、この涙はたぶんそういうんじゃない。言葉にするのはきっと難しい。そういう気持ちがいっきに込みあげて、ただ涙に変わっていく。

終わってしまった。

彼の青春が。わたしの青春が。

いよいよ、終わってしまったのだ。

やがてすべての競技が終わり、表彰式《ひょうしょうしき》も終わると、客席からは徐々に人が消えていった。そのころにはわたしの涙もすっかり止まっていた。

本城くんがわたしたちの元へやってきたのは大会が完全に終わってから約三十分後のことだった。今まではずっと陸上部のみんなといっしょだったらしい。わざわざわたしたちにまで顔を見せに来てくれるところ、律儀《りちぎ》で、本城くんらしいなと思った。

本城くんは悔しい顔なんかひとつも見せなかった。すっきりした顔、やりきったって顔だ。ああ、ちゃんと納得のいく大会だったのだなあと思うと、止まったはずの涙がまた込みあげてくる。

みんなが次々と降らせるオメデトーを聞くたびに、本城くんはいちいち「ありがとう」と笑った。照れながら答える姿を見ても、わたしだけはどうしても声をかけることができなかった。だって、きっと上手く伝えられない。おめでとう、お疲れさま、なにを言ったって言葉が気持ちに追いつかない。

「安西さん」

優しい視線がいきなりこっちを向いたことに驚く間もなく、本城くんは

「優勝はできなかったけど」

と言った。気のきいたことも言えずにまごつくわたしを見て、彼はちょっと首を傾

げながら笑った。

「更新できたよ、自己ベスト」

「えっ？」

「十四分〇八秒三六。一秒以上も更新できたのなんていつぶりだろう」

今日も本城くんはさわやかに笑う。ひとつの惜しみもなく、こんなわたしにもそのすてきな笑顔を見せてくれる。たったそれだけのことなのに、生きててよかったなんてバカみたいなことを思う。

「安西さんのおかげかな？」

そういうこと、軽く言わないでほしい。そういうふうに優しく笑いながら、そんなことを言われると、熱量を含んだ気持ちが爆発してしまいそうになるよ。

「五位入賞も、自己ベスト更新も、おめでとう、本城くん。ほんとに、ほんとにおめでとう……」

それと、好きです。初めて見たときから。

もう心の中では何万回も唱えたそのセリフを、わたしは今日も言えずに、ただ涙を流すだけだ。

「え……安西さん？」

とうとう泣きだしたわたしを見て本城くんはうろたえているようだった。困らせてしまっている。それでもどんどん溢れでる滴はいっこうに止まってはくれず、いつしかわたしは泣きじゃくっていた。

「ごめん、安西さん。泣かないで、ごめん」

どうして本城くんが謝るんだろう。そんなふうに優しいところも、好き。おかげでもっと涙が出る。

「ちょっとお。あたしのあんこのこと、よくも泣かせてくれたなあ？」

えっちゃんがわたしを抱きよせながら、冗談めかして言った。

「うわ、荻野さんもごめん。あれ……、なんでだ？　俺なんか泣かすようなこと言った……？」

「そりゃもうたくさんね！　言いまくりよ！　ね、あんこっ」

ぶんぶんと首を振る。縦なのか横なのかわからないそれは、否定でも肯定でもない。

「あのね、本城？　涙はなにも悲しいときだけに出るもんじゃないんだよ。わかるでしょ」

「……ああ、うん」

うなずいた本城くんがもう一度わたしに向きなおった。急いで涙を拭《ぬぐ》い、彼を見上げると、目が合った。西日を浴びながら目を細めて微笑む本城くんがまぶしすぎてよく見えなかった。

「ありがとう。安西さんの応援、すごい伝わった。たぶん今日が人生で最高の日だよ」

わたしも、今日が人生で最高の日になったよ。

「わたしこそ……ありがとう」

「え？」

本城くんの大切な日を、最後まで見とどけさせてくれて。そのうえ、わたしにはもったいないほどの、そんなすてきな言葉までくれて。

ありがとう、本城くん。

「……ううん。ほんとに、お疲れさまでした」

よかった。いちばん言いたかったこと、ちゃんと目を見て言えた。

「なっちゃん！」

その声が降ってきたのはまさにそのときだった。同時に目の前の本城くんがびくっと背筋を伸ばす。なっちゃん？

そういえば、本城くんの名前って夏生だ。なっちゃん……なっちゃんって、もしかして本城くんのことかな？

わたしの思考がそこまで到達するころにはもう、当の本城くんは声のほうを振り向いていた。

「……美夜《みよ》。待ってろって言っただろ」

さっきとはどこか違う、少し落ち着いた低い声。

「だってなっちゃん、ぜんぜん来てくれないんだもん！　もう何分待ったと思ってるのよー」

「ごめん……怒るなよ」

なだめるように言い、本城くんは無駄《むだ》のない筋肉のついた脚を持ちあげて客席の階段を上っていく。その先で頬を膨らませていたのは、大きな車椅子《くるまいす》にちょこんと座っている、お人形さんみたいにかわいらしい女の子だった。

ふたりはいくつか会話を交わしているようだったけど、なにやら揉《も》めているようにも見えた。とても親密そうな雰囲気《ふんいき》。いったいどういう関係なんだろう？

もしかしてあの子が例の妹さんなんだろうか。でも、まだ小学生と言っていたし、それにしては少し大きいような気もする。

やがて、本城くんはふたたびこちらにやって来て、

「ちょっと来てほしい」

と言った。あんまり申し訳なさそうな顔をするのが気になってじっと見ていると、ばちっと目が合った。どきっとする……間もなく、視線は外れた。たぶん今、思いきり目を逸らされた。

なに？　なに？　こんなふうにされたのは初めてのことで驚く。正直、かなりショックだった。

「なんだろうね？　あの女」

階段を上っている途中、えっちゃんが耳打ちしてきた。

「うーん……。妹、とか？」

わからないけど。今はそんなことはどうだっていい気がしていた。たぶん、目を逸らされたことがかなり尾《お》を引いていた。

「えー、ぜんっぜんそういうふうには見えないけどなあ」

えっちゃんが不服そうに口をとがらせる。どこかトゲのある言い方だった。

「はじめましてー！　竹内《たけうち》美夜、なっちゃんの幼なじみです。ぜひお見知りおきをっ」

全員が階段を上りきると、車椅子の彼女はいきなりそう言い放った。幼なじみ……、やっぱり妹ではなかった。

ミヨちゃんがにこっと笑う。その表情があまりにも完璧《かんぺき》で、見とれてしまう。近くで見るとますます整った顔立ちだ。

「いつもなっちゃんがお世話になってまぁす」

本城くんにはこんなにかわいい幼なじみがいて、なっちゃん、ミヨと、呼びあっているのだ。『なっちゃんがお世話になってまぁす』、きっとなんでもなく言ったんだろうけど、どうにも胸のあたりがざわついてしまう。

やだな。おかしなやきもちと、不安な気持ち。本城くんとミヨちゃんは、本当にただの幼なじみなの？

「美夜、もういいだろ」

本城くんが珍しく怒ったような声を出した。いつも優しい本城くんがこんな声を出すのにまず驚き、すぐに、いやだと思ってしまった。だって、本城くんがこんな態度をとる相手は、きっとこの女の子だけだ。

その流れで、それぞれがミヨちゃんに自己紹介をした。えっちゃんとちーくんはなぜかあまり機嫌《きげん》がよさそうではなかった。

「あ……わたし、安西小町っていいます」

緊張なのかなんなのか、声が震えてしまう。ちらっと本城くんのほうを見ても、目が合うことはなかった。

そのときやっと、ふたりがまるで当たり前みたいに隣同士でいるのに気づいて、またいやな気持ちが込みあげてくる。けれどそんなわたしにも、彼女は笑いかけてくれた。花のように可憐で愛らしい笑顔。

「小町ちゃん？　えーすっごいかわいい名前ー！」

「ええっ⁉」

「名前だけじゃなくてお顔も仕草もしゃべり方も！　ぜんぶかわいいー！　仲良くしてね、小町ちゃん。ハグー！」

車椅子に座ったまま彼女が両腕を伸ばしてくるので、思わず応《こた》えるようにぎゅっとしてしまった。どきどきする。女の子といえど、初対面の人とこんなことをするなんて。

ミヨちゃんの首元からはなんだか甘《あま》い香りがした。汗《あせ》くさい自分が恥ずかしくなる。

「いいなー、なっちゃん。こんなにすてきな人たちと高校生活過ごしてるなんて、ずるい」

数秒のハグを終えて、わたしとの間に距離ができるなり、ミヨちゃんはまた本城くんを見上げた。彼はため息をついて、車椅子の持ち手を握った。

「もういいだろ？　帰ろう」

「えー。なっちゃんばっかりずるいから、みんな美夜とも仲良くしてね！　お願いしまーすっ」

ごめん、みんな今日はありがとう、と眉を下げて笑ってみせる彼の口元からは、いつもの白い八重歯が見えない。

本城くんがミヨちゃんの車椅子を押す。とても慣れた手つきだった。そうして当然のことのようにふたりで帰っていく姿に、またどうしようもなく胸がざわつく。

帰り際、みんなの顔を見て謝った本城くんは、わたしのほうだけ見なかった。


正直なところ、本当に花火大会に行くのか不安だった。

本城くんにはかわいい幼なじみがいた――そんな事実を知って、ずうずうしく「花火どうする?」なんて連絡できるわけがない。それにあの日、どうしてか本城くんはあきらかにわたしを見ないようにしていたし……。

約束はなかったことにされるんだろうな。優しい彼の社交辞令《しゃこうじれい》だったんだろうな。そう思うたびに悲しい気分になるから、なるだけ八月五日のことは考えないように努めた。

液晶に「本城夏生」という名前が表示されたのは、四日の夜のことだった。「明日はよろしくお願いします」、律儀《りちぎ》な文章、本城くんらしい言葉。

いいのかな? 花火大会、わたしといっしょで本当にいいのかな?

どうしようもなく嬉しい気持ちは止められなかった。「こちらこそよろしくお願いします」と返信をして目を閉じたけど、なかなか寝つけなかった。夏の夜ってほんとに暑くて寝苦しい。でも今日のは違う。ぜんぜん違う。

「お母さん！　浴衣《ゆかた》出しといて！　そんでもうちょっとしたら着付けして！」

八月五日の朝、起きてくるなりそう言ったわたしに、お母さんはあからさまに困った顔をした。

「急になによぉ？」

「花火大会行くからっ」

浴衣なんてどこにしまってあったかなあ、とぶつくさ言うお母さんを横目に、キッチンへ向かう。

「浴衣で花火大会なんて誰と行くの、小町」

ぜったいに聞かれると思った。

「べつに誰だっていいでしょ」

わたしはできるだけ普通の顔で答えた。

「えっ、もしかして男の子？　彼氏なの？」

「もう、やめてよ、違うよ」

「やだ、小町も隅《すみ》に置けないわぁ」

「ちょっと、ほんとに違うからね！」

口元に手を当てながら「あらそう」とニヤニヤ笑うお母さんは、いつまでたってもまるで少女みたいだ。

実際、少女なのだ。お父さんとお母さんは高校のころからの大恋愛を経てゴールインし、いまだにすごく仲がいい。

そんなだから彼氏ができたことのない十七歳の娘ってのが信じられないんだろうな。お母さんはやたらに恋バナをしかけてくる。でもやっぱり、本城くんのことだけは話せずにいる。

言えない。こんなに膨らんでしまった大切な気持ち、軽々しく口になんてできない。

花火大会は夕方からなので、それまでにマフィンを焼いた。ささやかすぎるけど、本城くんの誕生日だから、そのお祝いに。

いろいろと迷った。でもよく考えたら本城くんのことぜんぜん知らないから、形に残るものってなにをあげればいいのかわからなかったのだ。さんざん悩んだあげく、無難なお菓子を渡すことにした。

手作りなのは、既製品だとちょっと味気ないように思ったから。でもこれってちょっと重たいかも？　焼きあがったマフィンをラッピングしながら不安がよぎる。気持ち悪いって思われたらどうしよう。

それでも手ぶらよりはきっとましだろうと、マフィンを詰めこんだラッピング袋を用意した。ハートはやめて、黄色の星で飾りつけた。

太陽が白からオレンジへ変わっていた。お母さんに浴衣を着付けてもらった。髪もきれいにまとめてもらった。今日は少しだけお化粧をした。

自分でわかる。きっとわたし、ものすごく浮かれている。からん、ころん、地面を蹴る下駄《げた》の音が心地いい。浴衣の水色のあさがおが目に入るたびきゅんと胸がときめく。

本城くんはうちまで迎えにくると言ってくれたけど、さすがに申し訳ないので駅で待ち合わせることにしてもらった。危なくないかな、と画面上で言ってくれた本城くんは、やっぱり優しい悪魔だと思った。

「あ、本城くん!」

駅前の時計台の下。彼は今日も圧倒的な輝きをまとってそこに立っていた。いつもの三倍は人が多いのにもかかわらず、すぐに見つけられたよ。ひとりだけピカピカまぶしいんだもの。

「ごめんね、今日もわたしのほうが遅かった……」

駆けよるなり謝った。本城くんはわたしをじっと見ていた。あ、今日は逸らされない。でも返事がない。

「本城くん?」

「あ、いや……その、びっくりした」

声をかけるなりわたしのほうを向いた瞳は、なぜか一瞬で逸らされて、彼は口元を右手で覆って。なんとなく赤いように見える頬は夕日のせいだろうか……それとも。

「……浴衣、似合ってる、な」

「ええっ‼」

もう一度目が合う。本城くんが恥ずかしそうに眉を下げて笑うので、わたしはどんな顔をすればいいのかわからないよ。

正直、わたしとしては本城くんといっしょに花火大会という時点でもういろいろと大変なのに、この調子じゃたぶん夜までもたないと思う。

「行こっか。お腹すいてない？」

「あっ、うん、大丈夫。本城くんは？」

「じつはけっこう腹ペコ、俺」

歩きだした彼の左側に並ぶ。自然と歩幅《ほはば》が合っていることに気づく。今日は浴衣のせいでいつもより歩くのが遅いはずなのに。

もしかしなくても、本城くんがわたしのペースに合わせてくれているのだ。ちょっと窮屈《きゅうくつ》そうにゆっくり進んでいるその長い脚を見て、どうしようもなく胸がきゅうっと締めつけられた。

「それにしても俺、花火大会なんて何年ぶりって感じ」

「そうなの？」

「あんまり興味なかったのかも。部活で忙しかったし」

「あ。あのね、わたしも高校に入ってからは初めてなんだよ、花火大会」

「ほんとに？　なんか意外だな」

たわいもない話をしながらふたりでゆっくり歩いた。ずらりと屋台が並ぶ道に差しかかるころには、もうずいぶんな人混みになっていた。

やっぱりカップルが多い。

わたしたちも、他の人たちからは、そう見られているのかな？

「安西さん」

いきなり名前を呼ばれて、心を見透かされているのかとどきどきした。

「は、はいっ」

「はぐれないようにね」

「はいっ」

うなずくのでせいいっぱい。本城くんはいつだって純粋に優しいというのに、こんなことばかり考えてしまって、恥ずかしい。

本城くんは本当にお腹がすいていたらしく、屋台でいろいろ買ってはぺろりと平らげていた。からあげ、フランクフルト、フライドポテト、お好み焼き。その細い体のどこにこれだけの量が入るのだろう。

彼は意外にも「ひと口あげる」が普通にできる人だったので、どれもひと口ずつもらってしまったし、間接キスだし、いちいちどきどきしてしまったし。

「食ってばっかりでごめん」「付き合わせてごめん」と恥ずかしそうに笑う彼の横顔があまりにもかわいくて、ぜひともわたしを食べてくださいなんてまた気色の悪いことを思う。

それにしても本城くんってけっこう食べる人なんだな。運動部だからこれくらい普通？

またひとつ、彼のことを知ることができた。

「ずいぶん暗くなってきたなあ」

空を見上げながら本城くんが言った。

「そうだね。もう少しで始まるのかな」

「たぶん七時半からだったと思う。あと十五分くらいかな」

「わ、もうちょっとだ！　楽しみ！」

ちゃんと花火に集中できたらいいな。わたしのことだから、本城くんに見とれてしまって仕方ないなんてこともありそうで。

「もう少し見やすい場所に移動しようか。ここだと人も多いし」

「あ、うんっ」

するすると人混みを縫《ぬ》って進んでいく本城くんに置いていかれないよう、わたしも一生懸命足を動かした。

「……あれ？」

しかし、慣れない下駄で転ばないようにと足元に気をとられすぎて、前を歩いていたはずの本城くんがいつの間にか消えてしまっていた。

どうしよう。もしかして……はぐれた？

人の波で先がぜんぜん見えない。

はぐれないようにと言われていたのに。あと少しで花火は打ちあがってしまうのに。その時間はたった数分だったのかもしれない。けれど、雑踏《ざっとう》に揉まれているうちに、なんだかものすごい心細さが込みあがって、まるで世界にひとりぼっちみたいな気持ちになった。

大事なときに上手くいかない。情けないやら、寂しいやら、悲しいやらで、全身の力がふっと抜けた。

ああ、本城くんといっしょに花火が見たかったよ。

「安西さんっ！」

掴まれたのは右の手首。反射的に顔を上げると、目の前には焦ったような本城くんの顔があった。びっくりした。

「ごめん。ぜんぜん後ろ気にしてなかった。ごめんな」

「……本城、くん」

「よかった、見つけられて」

本城くんが謝ることなんてひとつもないのに。彼は申し訳なさそうに眉を下げたまま、そっとわたしの瞳を覗きこむ。

とっさに、見られたくない、と思った。

せっかくの花火大会でこんな顔をしているところは見せたくない。変な気を遣《つか》わせたくない。それにきっと今、すごくぶさいくだし……。

ふと、右の手のひらに熱を感じた。温かい感触だった。

それは本城くんの左手に包みこまれているせいだと理解したとき、いよいよ本当に死ぬのかと思った。

つながっている。彼の左手とわたしの右手が。たしかに、優しい強さでつながっている。

なにも言わないで歩きはじめた本城くんを見上げても、こっちを見ようともしないので、わたしもなにも言えなかった。

お互いに黙りこくったまま、手をつないで歩いた。ただ、首筋に触れている彼の黒い髪を見つめることしかできなかった。

とつぜん、ドン、という音が聴こえた。心臓に直接響いてくるような音だった。

音に引っ張られるようにして上を見ると、気が遠くなるほどの深い黒を背景にして、まぶしい、鮮やかな色の花が視界いっぱいに咲いていた。

「ほ、本城くん！　花火っ」

「うん」

気づけば人混みからは少し離れた場所まで来ていて、あたりは静かで。それでも花火はとてもよく見えるので、驚いた。

本城くん、よくこんな穴場《あなば》を知っている。調べてくれたのかな。すごいとか、ありがとうとか、なにか気のきいたことを言いたいのに、今はあの輝きを見上げることに必死でなにも考えられない。

「……花火って、きれいなんだな」

ひとり言のように本城くんが言う。

「うん、そうだね。きれい……」

顔を上げたままわたしは答えた。

奇跡って、起こるものなんだなあ。

こうして彼の隣で、こんなにも美しい花火を見られるなんて。手をつないで、見られるなんて。

この事実だけであと百年は生きていけるような気がする。死にそうになったり寿《じゅ》命《みょう》が延《の》びたり、我ながら支離滅裂《しりめつれつ》だってことは自覚している。

恋って、たぶん、こういうものでしょう？

花火が打ちあがる音と、散っていく音。ただそれだけが上がっては消えて、上がっては消えて。本城くんとわたし、まるで世界にふたりきりになったみたい。

「……あのさ」

長い沈黙を経たのち、先に口を開いたのは本城くんのほうだった。声のほうを向くと、彼はすでにわたしを優しく見下ろしていた。

「美夜が、安西さんのことすごい気に入ってて」

「え？」

「会いたいって言ってたから、今度遊んでやってくれないかな？　ほら、あいつあんな体だろ。だから毎日つまんなそうにしてて」

まるで隕石《いんせき》が頭上に降ってきたよう。その隕石はわたしの頭に直撃して、さっきまでの幸せな気持ちを粉々に砕《くだ》いてしまった。

本城くんはきっと、ミヨちゃんととても仲が良くて、とても大切にしているんだろうなって、ちゃんとわかっているつもりだった。

でも、いざこんなふうに言われてしまうと、ちょっときつい。よりによってこんなタイミングで。

「……安西さん？」

「好き、なの？」

口が勝手に動いていた。

「え？」

「本城くんは……ミヨちゃんのこと、好きなの？」

違うって、言って。お願いだから。うそでもいいから。

違うよって、笑って。

「うん、それ、よく言われる」

本城くんは本当に笑った。でもそれは、なんとなくどこか悲しげで、わたしの見たかった笑顔とは少し違っていた。

「でも違うんだ。美夜は……そういうんじゃない」

大きく咲いては一瞬にして散ってしまう色とりどりの光が、小麦色の頬を優しく照らしている。

「違う、って」

「そうだな……。安西さんにとっての霧島、って言ったらわかりやすい？」

ちーくんはわたしにとってもう家族みたいなもので。だからちーくんは、すごくすごく大切な存在で。

本城くんにとってミヨちゃんは、こういう感じ？　大切には思っているけど女の子として好きなわけじゃない……、たぶん、そういうこと？

わたしは彼を、彼はわたしをじっと見つめたまま、なぜか逸らすことができない。

花火がやきもち妬いてしまうかもしれない。それくらいわたしの瞳は、目の前にいる男の子しか映さない。他のものなんて映せない。映らない。

本城くんの優しくて強い眼差《まなざ》しだけが、わたしの世界で輝いている。

「本城くん……あのね」

今なら言える気がした。膨らみすぎてしまったこの思いを、伝えるならこの瞬間しかないと思った。

「俺、安西さんといっしょに花火見られて、ほんとによかった」

わたしの言葉を待たず、本城くんが静かに言った。つながったままの手にぎゅっと力がこもる。

「ありがとう。たぶん今年が、人生でいちばんいい誕生日」

ううん。

「ううん、本城くん」

そんなのはわたしのセリフだよ。こんなに大切な日をわたしにくれてありがとう。

ああ、好きだって、言えないや。もう言えない。見つめられれば見つめられるほど、本城くんとの関係を自分の不用意な言葉で壊すのが怖くなった。

「お誕生日おめでとう」

だからかわりに言った。本城くんは笑って、ありがとう、ともう一度言った。少し首を傾げる仕草がどうしても好き。

そこでやっと思いだす。バッグの中に忍ばせてきたマフィンのこと。そうだ、誕生日だ。おめでとうって言うまでこんなに重要なことを忘れてしまっていた。

「あの、本城くん、甘いものは好きですかっ」

勢いあまって声がデカくなっちゃった。本城くんがびっくりしたように目を丸くする。

「え？　うん、好きだけど……」

「あのね……これ、プレゼントにしてはしょぼいけど」

取りだしてみるとほんとにしょぼい。こんなにお粗末なラッピングだった？　人混みで少しつぶれてしまったのかもしれない。

「ごめんね、こんなので。なにをあげたらいいのかわかんなくて……でも、せっかくお誕生日に会えるんだから、なにかあげたいなって思って」

言い訳のようにまくしたてた。恥ずかしい。

お手数ですが
切手をおはり
ください。

郵便はがき

104-0031

東京都中央区京橋1-3-1
八重洲口大栄ビル7階
スターツ出版(株)　書籍編集部
愛読者アンケート係

(フリガナ)
氏　名

住　所　〒

TEL　　**携帯/PHS**

E-Mailアドレス

年齢　　**性別**

職業
1. 学生(小・中・高・大学(院)・専門学校)　2. 会社員・公務員
3. 会社・団体役員　4. パート・アルバイト　5. 自営業
6. 自由業(　　　)　7. 主婦　8. 無職
9. その他(　　　)

今後、小社から新刊等の各種ご案内やアンケートのお願いをお送りしてもよろしいですか？
1. はい　2. いいえ　3. すでに届いている

※お手数ですが裏面もご記入ください。

お客様の情報を統計調査データとして使用するために利用させていただきます。
また頂いた個人情報に弊社からのお知らせをお送りさせて頂く場合があります。
個人情報保護管理責任者:スターツ出版株式会社 販売部 部長
連絡先:TEL 03-6202-0311

愛読者カード

お買い上げいただき、ありがとうございました!
今後の編集の参考にさせていただきますので、
下記の設問にお答えいただければ幸いです。よろしくお願いいたします。

本書のタイトル(　　　　　　　　　　　　　　　　　　　　)

ご購入の理由は?　1.内容に興味がある　2.タイトルにひかれた　3.カバー(装丁)が好き　4.帯(表紙に巻いてある言葉)にひかれた　5.あらすじを見て　6.店頭のPOPを見て　7.小説サイト「野いちご」を見て　8.友達からの口コミ　9.雑誌・紹介記事をみて　10.本でしか読めない番外編や追加エピソードがある　11.著者のファンだから　12.イラストレーターのファンだから　その他(　　　　　　　　　　)

本書を読んだ感想は?　1.とても満足　2.満足　3.ふつう　4.不満

本書のご意見・ご感想をお聞かせください。

1カ月に何冊くらい本を買いますか?
1.1~2冊買う　2.3冊以上買う　3.不定期で時々買う　4.ほとんど買わない

本書の作品をケータイ小説サイト「野いちご」で読んだことがありますか?
1.読んだ　2.途中まで読んだ　3.読んだことがない　4.「野いちご」を知らない

読みたいと思う物語を教えてください　1.胸キュン　2.号泣　3.青春・友情　4.ホラー　5.ファンタジー　6.実話　7.その他(　　　　　　　　　　)

本を選ぶときに参考にするものは?　1.友達からの口コミ　2.書店で見て　3.ホームページ　4.雑誌　5.テレビ　6.その他(　　　　　　　　　　)

スマホ(ケータイ)は持っていますか?　1.持っている　2.持っていない

学校で朝読書の時間はありますか?　1.ある　2.昔はあったけど今はない　3.ない

文庫化希望の作品があったら教えて下さい。

学校や生活の中で、興味関心のあること、悩みごとなどあれば教えてください。

いただいたご意見を本の帯または新聞・雑誌・インターネット等の広告に使用させていただいてもよろしいですか?　1.よい　2.匿名ならOK　3.不可

ご協力、ありがとうございました!

本城くんはそっとマフィンを受け取ると、大切そうに両手で包みこんだ。つないでいた手が離れる寂しさよりも、わたしのしょぼいマフィンを宝石のように扱ってくれることのほうが、よっぽど嬉しかった。

「もしかして手作り？」

わたしは小さくうなずいた。

「うん、いちおう、そうだよ。でもさすがにちょっと」

「ほんとに？　すごい！」

喉まで出かかった「気持ち悪かったかな」という情けない言葉は、本城くんの声によってみごとに吹っとばされてしまった。

「ありがとう安西さん、嬉しい。もったいなくて食えない」

気持ち悪がられていたらきっと立ちなおれないくらいキツかったんだろうけど、これもこれでまた違ったキツさがあるよ。こんなに喜んでもらえるとは思っていなかった。これで激マズだったら笑えないし……。

ちゃんと、味見してくるんだった。帯の締めつけが苦しくて食べる余裕がなかったんだ。

「賞味期限っていつまで？　やっぱ早めに食わないとダメかな」

「ぜっ、ぜひお早めにお召し上がりくださいっ」

売っているものみたいにきちんと加工されているわけじゃないから、長く置いておくときっと傷んでしまう。そう説明しても、すぐ食うのはもったいないよ、なんて、そんなまぶしすぎる笑顔で言われてしまうともうなにも言えなくなる。

本城くんはダメ押しのありがとうを口にした。本当に喜んでくれるのを見て、つられてわたしも嬉しくなってしまった。

「あれ？　いつの間にか花火終わってる」

ふと、本城くんが夜空を見上げて言った。真っ黒な空に、ぷかぷか、白い煙が浮かんでいる。

「けっきょくぜんぜん見られなかったね」

「でも、なんかすごい楽しかったよ、俺」

少し離れたところにある屋台の灯りがゆらゆら揺れてきれいだった。ぼやけたようなオレンジや黄色が目にしみた。なぜか、視界がじんわりと歪んだ。

不安になるほどあやふやで、息を呑むほど美しい世界で、本城くんは笑っていた。彼はいつも笑っている。

そう、いつも優しくて、まぶしくて、困るよ。怖いよ。本城くんを好きじゃなくなる瞬間、もしかしたら一生来ないんじゃないかって思うから。

「帰ろうか、そろそろ」

本城くんは静かに言った。

「うん」

わたしがうなずいたと同時に、当たり前みたいにもう一度つながれた手に、なにか意味はあるの？

人混みの中を歩いた。でももうはぐれることはなかった。少し前を歩く本城くんの襟足を見上げる。少し下でつながっている手が視界に入って、思わずうつむく。

からん、ころん、行きとは違う音で下駄が鳴いているような気がした。

ぺしゃんこ絵の具

優しい仕草の
大きな手のひらが
好き。

夢のような夏はあっという間に終わりを告げ、新学期が始まるころになると周りは受験一色と化していた。夏休み明けだというのに、模試《もし》だの講習だの参考書だの、頭が痛くなるような単語が教室中に飛びかっているのには参ってしまった。本城くんは進路はどうするのだろうと、頭の片隅で思った。

「我が三年三組の出し物は『シンデレラ』に決定でーす！」

実行委員の守田くんが高らかにそう言ったのと同時に、教室のあちこちから歓声と拍手が起こる。

十月の頭にある文化祭は、受験勉強真《ま》っ只中《ただなか》の三年生にとって最高の息抜きだ。

「さあ、みなさん。やるからにはぜったいに優勝しましょう。目指すはグランプリのみっすよー、いいですかー」

その言葉でよりいっそう盛りあがるクラスメートたちと同じように、わたしも心《こころ》躍《おど》っていた。

うちの学校の文化祭は、演劇だったり歌だったりダンスだったり、内容はなんでもいいのだけど、全クラスがそれぞれなにかしらの出し物をすることが決まりになっている。そして全校生徒の投票により、その中からいちばん素晴《すば》らしい発表をしたクラスを決める。

べつにグランプリを獲ったからといってご褒美《ほうび》があるわけではないのだが、こういうことにいちいち熱くなることのできるこのクラスが、わたしは好きだ。

配役やざっくりとした台本を決めた。きりっとした美しい顔立ちのえっちゃんは、いじわるな継母《ままはは》役に決まった。クラス全員、満場一致《まんじょういっち》の決定だった。えっちゃんがものすごくやる気なのがみんなにウケていた。

肝心《かんじん》のシンデレラは予想通り、クラスでいちばんかわいい女の子の美紀《みき》ちゃんに。そして王子役は、なんと、本城くんに決まってしまった。

推薦《すいせん》したのは実行委員の守田くん。真面目な雰囲気なのと、スタイルがいいのはステージで映《は》えるのではないか、というのが決め手となったみたい。

王子様の本城くんはわたしも少し見てみたいし、実際にそんな貴重なものを見られるなんて嬉しいことだけど、やっぱり正直、ちょっと複雑な気持ちもある。

「あたしが推薦してあげたのに。あんこのこと、シンデレラに」

主要な役が決まったことですっかりざわついている教室で、わたしの隣に移動してきたえっちゃんに耳打ちされた。

「それはぜったいにいや」

わたしは小刻みにふるふるとかぶりを振った。

「でもシンデレラ役を勝ち取ったら合法的《ごうほうてき》に本城とイチャイチャできたよ？　あんこはいやじゃないの？　たとえ演技でも、本城が他の女と恋愛ごっこするってさ」

もちろんいやだけど。できれば見たくないけど。でも、顔も性格も、その他もろもろすべてひっくるめても、わたしはお姫様《ひめさま》になれるタイプの女の子ではない。そんなことは自分でいちばんよくわかっている。

それに、うちのクラスには美紀ちゃんという完璧なシンデレラがいるのだ。ここでそれを勝ち取りにいこうと気張《きば》れるほど、わたしのメンタルは強くできていない。

本城くんはどう思っているんだろう。王子役に決まったこと。美紀ちゃんとだったら役得《やくとく》だとか思っていたりするのかな。本城くんの好きな子って、誰なんだろう……。

こんなことで簡単にネガティブスイッチがオンになってしまう。

すべての配役が決まると、脚本《きゃくほん》制作、衣装《いしょう》制作、大道具、小道具などといった裏方の仕事が分担された。シンデレラという物語自体あまりキャラクターがでてこないので、クラスの半数以上がこの裏方となった。

わたしは大道具に決まった。主に舞台のセットを作ったりする係……。王子様とは雲泥《うんでい》の差。天と地の差。まるで月とすっぽんだ。悲しい。

「よりによって大道具って、あんこ」

えっちゃんが苦笑する。

「いいんだ。日曜大工的なこと好きだし。絵描くのも好きだし。わたしにぴったりだよ……」

「うわあ、完全に心を忘却《ぼうきゃく》してるでしょ」

がばっと机に突っぷす。残念ながら、わたしは苦笑すらできないのだった。

やがてお開きとなった教室の端っこで、シンデレラの美紀ちゃんと話している本城くんが目に飛びこんでくる。見たくないのに、どうにも逸らせない。

お互いに挨拶をしているみたいだった。ふたりとも真面目なせいか、慣れない様子で律儀にぺこぺこと頭を下げ、それからはにかみあっているのを見て、このまま机に溶けてしまいたいと思う。

いやになる。本当にお似合いなんだもの。そりゃあ、美少女なシンデレラちゃんと、世界一かっこいい本城くんが、釣《つ》りあわないわけがないね。

みじめだ、と思ってしまった。なにこそこそ見てるんだろう。勝手に盗み見て、勝手にモヤモヤして。すごく、みじめだ。こんなことなら『舞踏会《ぶとうかい》でシンデレラに嫉妬《しっと》する娘A』にでも立候補したらよかった。


けれど、やってみれば大道具というのも楽しいものだった。

あまり接点がなかったようなクラスメートと話せたり、子供のころみたいに紙いっぱいに絵の具を塗りたくったり。あとは、腰が痛くなったり、制服が汚れたりもした。

「安西ちゃん、色塗り上手だよねぇ」

「そうかな？」

「うんうん。絵の勉強とかしてた？」

「ぜんぜん！　美術はいつも安定して三だよぉ」

五段階評価のうちの三。可もなく不可もなく、好きでもなく嫌いでもなく。美術はいつもそんな感じなので、意外なところを褒められてちょっと嬉しい。

「それにしてもさ、美紀ちゃんと本城くん、ほんとにハマり役だよね」

いっしょに色塗りをしているうちのひとりがなんとなしに言った。

「たしかにぃ。ていうか本城って意外とかっこよくない？」

「ね、やっぱそうだよね！　脚も長くてスタイルいいしさあ。まさに〝隠れイケメン〟だね、本城くんは」

そうだよ。本城くんは世界でいちばんかっこいいのだ。そんなこと、わたしは二年も前から知っていた。

なんて言葉は呑みこみ、目の前の色塗りにだけ集中した。かぼちゃの馬車って何色で塗ったらいいんだろ？　緑？　黄色？　それとも白？

自分の仕事に集中するふりをしてみても、ぜんぜんダメだった。必死にセリフ合わせをしている、シンデレラ役の美紀ちゃんと、その隣の本城くんを、たぶんもう今日だけで百回は盗み見て、そのたびにちょっと落ちこんでいる。

衣装の中でいちばん最初にでき上がったのはシンデレラのドレスだった。手芸部の渾身《こんしん》の一着らしく、純白のそれは本当にきれいで、試着した美紀ちゃんはまるで本物のお姫様みたいで……。

勝てっこない。なにと闘《たたか》っているのかもわからないけど、ここ数週間ずっと、わたしはわけのわからない敗北感に折れてしまいそうだった。

「そういや、安西ちゃんって本城くんと仲良くない？」

「えっ？」

このタイミングでとつぜん話題を振られたせいで、もう少しで馬車の窓まで白で塗りつぶすところだった。危ない、危ない。

「荻野さんと野間くんと守田くんとさ。なんか、みんなで仲いいよね？　あとアレだよ、六組の霧島！」

ちーくんだけ〝霧島〟と呼び捨てだったことに笑ってしまうと、絵筆を持ったままの彼女がずいっと身を乗りだしてくる。好奇に満ちあふれた目をギラギラと輝かせていた。

「ね、安西ちゃんはさ、ぶっちゃけ誰かのこと好きだったりしないの？」

「えっ……」

「あー、やっぱりそうなんだあ！」

ヤバイ、このまま上手く誤魔化しきれる気がしない。

「いないよっ、好きな人なんて、ぜんぜんっ」

みごとに声が裏返る。おまけに声量がデカくなる。これじゃまるでダメだ。それでも、本城くんを好きだってこと、ぜったいに知られるわけにはいかないのだ。

「もしかして本城くんだったり？」

いきなり正解を言いあてられたのでひっくり返りそうになった。

「違うよ！」

「えー、ほんと？」

「ほんとほんと！」

誰にも知られたくない。できれば本城くんにだって。

ううん。本当は、他の誰かなんて関係なくて、本城くんにだけこの気持ちを知られたくないと思っているのかも。そのくせ、もうあまりに苦しくて、いっそ言ってしまいたくなる瞬間もあって。

わからないや。どうしたいのかも、どうするべきなのかも、よくわからない。

この気持ちの終着点が、わたしには、いっこうに見えない。

「安西ちゃん！」

大声で呼ばれて、はっとする。

「筆！　先っちょ！　ぽたぽた垂れてる！　スカート！」

「う、うわっ、えっ、どうしよっ」

最悪だ。気づいたときにはもうすでに手遅れだった。紺色のスカートに、いくつもの真っ白な粒《つぶ》がてんてんと落ちていた。

「き、着替え、着替えをっ」

「その前にとりあえずタオル！」

「え、あ、えっ」

「いいから拭《ふ》かないと！　落ち着いて！」

クラス中の視線がこちらに集まっていた。そういえば新学期の委員会決めのとき以来だ、こんなに注目を集めてしまうのは。わたしが目立つのはいつだってこんなときばかりだ。恥ずかしい。

本城くんもわたしをしっかり見ていて、目が合うと、彼は今日も少し笑った。あのときと同じような、でももう少しだけ、親しみのこもった笑みだった。

大道具の子たちがたくさんタオルを貸してくれたおかげで、幸いほとんどシミは消えた。しかし、豪快に洗ってしまったせいでスカートはびしょ濡れとなり、穿《は》けるような状態ではなくなってしまった。

仕方なく着替えた。紺色の、学校指定のジャージ。上だけ制服なのもぶさいくなので上下とも着替えた。みんな制服の中、わたしだけがださいジャージだった。なにかの罰《ばつ》ゲームかと思うほどにいたたまれない。

本城くんにも見られているかな。当たり前か。そこにいるのだからいやでも視界に入るに決まっている。こんなわたしをどう思っているだろう。恥ずかしいヤツだとか思われているなら、ジャージのまま窓から飛びおりてしまおう。

クラスメートはみんな優しかった。なにも言わないで、笑わないで、普通に接してくれた。あるいはそこまで気にしていないのかもしれない。本城くんもそうだといい。

やがて日が傾きはじめるころになると、わらわらと人が減っていった。文化祭準備期間中は正午を回っていれば自由に帰宅していいということになっているのだ。ひとり、ふたりと帰り、半分以上がいなくなり、ついには誰もいなくなった教室にわたしだけが取り残された。正確には、わたしと、わたしのスカートだけ。

えっちゃんはいっしょに残ろうとしてくれたのだけれど、あんまり情けなく、申し訳なくもあったので、気持ちだけ受け取っておいた。

「あーあ。なかなか乾かないなあ」

西の空でこうこうと輝く太陽はまぶしいばかりでちっとも暖かくない。もう秋になることを妙なところで実感する。

教室が優しいオレンジ色に染まっている。机も、床も、壁《かべ》も、ロッカーも、ぜんぶ。きれいだった。どこか、特別な空間にいるような気になった。スカートはいっこうに乾いてくれないけど、この色をひとり占めできたと思えばそう悪い出来事ではなかったのかもしれない。

「ごめんなさい。わたし、もう帰らないといけないの」

ひまを持てあまし、なんとなく口をついて出たのはシンデレラのセリフ。幾度《いくど》となく聞いたそのセリフは、やっぱりわたしの声ではかなり違和感があり、しっくりこない。

やだな。ひとりでなにしてるんだろう。生乾きでもいいからスカートを穿いて、もう帰ろうかな。

そう思い顔を上げると、あまりにまぶしいオレンジの世界の中で、同じオレンジ色に染まっている、好きな人がいた。

「え、あ……ごめん、聞くつもりはなかったんだけど」

思考って本当に止まるのだ、と思った。

頭は文字通り真っ白だ。喉なんか震えすらしないまま、三メートル先の本城くんをぽかんと見ていると、彼がとつぜん笑った。

「ほんとに安西さんって面白いよな」

バカにされているのかもしれない。でも本城くんがそういうふうに思わない人だということを、わたしはよく知っている。

「……こちらを、履いてみてはいただけませんか？」

ふと、本城くんのかしこまったような声が落ちた。

「え……？」

「国中をまわって探しているのです、運命の女性を」

それはちょっと細工しただけの白い上靴。お世辞にもガラスの靴だなんて呼べるような代物ではないが、小道具のみんなが一生懸命つくってくれたものだ。

机の上にぽんと置いてあったそれをわたしの足元に置いた本城くんは、長い脚を折ってひざまずいた。

導かれるように、ゆっくりと右の足を入れる。ぴったりはまる。美紀ちゃんとわたし、足のサイズが同じなんだな。

いつの間にか立ちあがっていた本城くんが、今度はわたしの目の前にいた。深い漆黒の瞳がじっとわたしを見つめているから、吸いこまれそうになった。

「あなただったのですね」

「え、あ……」

「会いたかった。ずっと、あなたを探していた」

大きくて温かい手のひら。花火大会の日、わたしの手を引いてくれたそれが、もう一度わたしの手を包みこんでくれている。

ぎゅっ、と。あの日よりも、たしかな熱と力を持って。

「……わたしも、会いたかった、です」

あれ？　シンデレラのセリフってこれでいいんだっけ？

「……ふはっ」

本城くんがこらえきれないというように笑った。はにかんだような笑い方。

「ありがと、付き合ってくれて。忘れ物取りに戻ったんだけど、安西さんがいてくれたおかげで演技の練習できた」

ふっと手のひらが外れる。あっけなく離れていった温もりを恋しく思ったところで、本城くんはかまわず歩きだしてしまった。

「いいのかなあ、俺なんかが王子で。ていうか普通にめちゃくちゃ恥ずかしいんだけど」

自分のロッカーから古典の教科書を取りだしながら苦笑を浮かべる姿は、いつもの本城くんとなんら変わりない。

ぽけっとしていた。そしていっきに、さっきの緊張とどきどきが溢れだした。

びっくりした。びっくりした……！

まさか、あんな至近距離で見つめられるなんて。

ぎゅっと手を握られるなんて。

本城くんが王子様になってくれるなんて。

わたしがシンデレラになれるなんて。

これぱかりは神様に感謝した。スカートを汚してくれてありがとう、おかげで貴重な体験ができました。今日のこと、一生の思い出にしよう。

「安西さんももう帰る？」

「あ、うん！　わたしもそろそろ！」

「そっか。じゃあ、せっかくだしいっしょに帰ろう」

そんなもったいない申し出、と思いかけて、だからこそ断るわけにはいかないと思いなおす。

「え、あっ、じゃあその前に着替えないと、スカート……って、わあ！」

やたらにどきどきなんてするものじゃないと身を持って実感した。焦りすぎて、緊張が高まりすぎて、まわりが見えていなくて。あたりに散らばっていた絵の具のチューブを踏んづけたわたしは、みごとにバランスを崩《くず》してしまった。

「……安西さん。大丈夫？」

「え……あれ？」

痛くない。そうと認識した瞬間、本城くんの腕にぎゅっと抱きよせられていることに気づいた。

いったい、なにがどうなって、こうなっているの。

「ケガは？　してなさそう？」

すぐ近くで本城くんの声がした。耳に溶けていくような優しい声。

「うん……あの、大丈夫、だよ。ごめん、ありがとう」

「そっか、よかった」

離れないと。そろそろ離れて、帰る準備をしないと。頭ではわかっているのに、わたしの手は彼の制服の胸のあたりを掴んだまま、離そうとしてくれない。

しかしそれと同じように、なぜか本城くんもわたしをぎゅっと抱きかかえたまま、離してはくれない。

このままでいたい。このまま、本城くんの一部になってしまいたい。好きだって言わなくても、好きになってもらえなくても、いっしょにいられるように。

オレンジの教室で、なにも言わないまま いったい何分経っただろう。あるいは数秒かもしれない。

でもその時間は、まぎれもなく、わたしに永遠を感じさせた。それくらい幸せで、夢のような時間だった。

ふと、彼の腕が緩む。

ああ、もう夢は終わり。わたしは『シンデレラに嫉妬する娘A』に戻らなければならない。

しかし、うつむくわたしの頭を、ふいになにかあたたかいものが触って。やっぱり大きな手のひらだなあ、なんて呑気なことを思う時間すらなかった。彼の両手はわたしを逃がしてはくれない。そして気づけば、わたしの体は、それをすっぽり収めてしまう別の温もりに包みこまれていた。

グラウンドから運動部の声が聞こえてきている。サッカー部、いや、野球部かな。なんだか窓の向こう側のどれもが遠い世界にあるように思える。

あの遥かな世界に、本城くんはずっといたのだ。あのざわめきの中を黙々と走っていた。そしてわたしは、そういう本城くんに、一瞬で心を奪われたのだ。

もうずっと昔のことのように思うのに、つい最近のことのような気もしている。あのころ、わたしは、名前も知らないその姿を見かけるだけで十分幸せだった。

それがいつの間にこんなにも欲張りになったのだろう。この幸福な時間が永遠に続けばいいのになんて、あさましいことを思うようになってしまったのだろう。

腕を持ちあげて背中に回すという気のきいたことなど最後まですっかり忘れていた。

やがて、ゆっくり離れていったもうひとつの体温を、わたしはとても名残惜《なごりお》しく感じていたと思う。

「……ごめん」

本城くんのとても小さな声が、わたしたちの真ん中に落ちて消えた。

ゴメン、ゴメンって、なんだろう？　幸せだった気持ちが一瞬で凍《こお》りつく。

謝られちゃうと悲しいよ。なんだか、みじめだよ。それを伝えられない関係なのが、もっと悲しい。

「……帰ろうか。着替えるの、待ってる」

本城くんはこっちを見ないで言った。

「うん……」

どうしてとか、どういうことなのとか、聞けなかった。聞かなかった。本城くんのゴメンがすべてのような気がしたのだ。

大きな手のひらからはとっくに解放されているというのに、ほてった体は熱を持ったまま、いっこうに冷める気配もない。初めて聞く本城くんの鼓動は、とても優しい音をしていた。


翌朝はどんな顔をして会えばいいのかわからなかった。

それなのに、本城くんは普通で。本当に普通で。「安西さんおはよう」といつもの笑顔で言われたときは、自分でもびっくりするほどまぬけな声が出た。

もしかしてあれは夢だった？　いや、そんなことないよ。だってわたしの体中が覚えている。本城くんの少し高めの体温を、忘れたくても忘れられずにいる。いいにおいがして、自分とはまるっきり違う形をしていて、それで……。

気を抜くとどうしてもあのときのことを思いだしてしまう。そして肩や腕に触れては何度も確かめる。あれは夢じゃなかった、って。

視界の端だけで大好きなシルエットをつかまえた。それが癖になっていることに飽き飽きするのと同時に、彼のほうはわたしのことなんてちっとも気にしていないことにショックを受けた。

もしかして、本城くんにとってあんなのはなんでもないことだったのかもしれない。わたしと違って、本城くんは女の子と抱きあうなんて初めてのことではなかったのかもしれない。

「みなさん、お疲れさまでしたあっ」

いきなり教室に大きな声が響いた。守田くんの声だ。

「文化祭準備、これにて終了です！　みんなのおかげで予定よりも前倒しでできましたあ！　あとは来週の文化祭を思いっきり楽しむだけっすね！」

うおお、と男子が大げさに喜び、女子もそれにつられて歓声を上げながら拍手をする。

約一ヶ月。長いようであっという間だった文化祭の準備が、どうやらここで一段落ついたらしい。ほっとしたような、寂しいような感じだ。

わたしたち大道具組はこの一ヶ月間でとても仲良くなったと思う。放課後になれば当たり前みたいに話していたのもこれで終わるけど、これからも仲良くできたらいいなと思っている。

「ちょっと早いけど、今日はお疲れってことで、もう解散しようぜ。残りたい人は残るって感じで」

守田くんがそう言うと、徐々にそれぞれ帰り支度を始めた。大道具組のみんなと

「お疲れさま」を言い合ったあとで、わたしもカバンを持って、えっちゃんのところへ向かった。

「えっちゃん！　お疲れさま。どうする？　帰る？」

「あー……ごめん！　あたしらちょっと残って練習してくことになりそう」

あたしら、とは、たぶん演者組のことだ。そうか、衣装や道具は完成したらそれで終わりだけど、舞台に立つ人たちは本番まで準備しなくちゃいけないか。

わかった、と答えると、えっちゃんは申し訳なさそうに顔の前で手を合わせた。

「六組に寄って、霧島のこと引きずって帰りな！」

「えぇっ？　六組も準備中だと思うんだけど……」

「霧島なんかいてもいなくても変わらないから、大丈夫」

本人のいないところでも本当に辛辣《しんらつ》だよ。ちーくんみたいなムードメーカーがクラスにいなくて問題ないわけがないので、せっかくだけどその提案は却下することにした。

そのままえっちゃんと別れ、教室を出た。正確には、出ようと思って、ドアを開けた。

「う、わっ！」

すぐそこに、本城くんがいた。思わず後ろに倒れそうになる。

彼はどうやら向こう側から教室に入ろうとしてきていたらしい。お互いがお互いに向かって歩いていたので、もう少しでぶつかるんじゃないかってくらい急接近。

めまいがした。だって、一瞬にしてあの放課後のことを思いだしてしまったのだ。

「びっ……くりした。ごめん、安西さん、大丈夫だった?」

顔を覗きこんでくるふたつの瞳から逃げるようにぎゅっとうつむく。

「わたしこそごめんっ。大丈夫です!」

「ほんと? ごめんな、びっくりさせて」

「ううん、わたしもぜんぜん見てなかったし……」

正直、こうして本城くんと話すのは少しきつい。それでなくとも普段から緊張するというのに。

あのときのこと、本城くんはどう思っているの。どうしてあんなことしたの。どうしても聞きたいけど、なんとなく聞きたくないその疑問が、頭と心に渦をつくって、気持ちをぐちゃぐちゃにかき乱しているみたい。

「あ……わたし、帰るね」

「安西さ……」

「ごめん、お疲れさまっ」

うつむいたまま、本城くんとドアの間をすり抜けて、教室を出た。顔は上げることができなかった。

あの行為《こうい》にとくに意味はなかったのかもしれない。ただ、いい感じのシチュエーションに、いい感じの沈黙が落ちてしまったから。だからなんとなく、あんなことになっただけなのかも。

きっとわたしじゃなくてもよかったのだ。たまたまあのときあそこに居あわせたのがわたしだったというだけで、特別な意味なんかなかったに違いない。

きっと、そう。

帰り道、いつものお店でドーナツを大量に買いこんだ。無性に甘いものが食べたくなった。一、二、三、四……、わ、どうしよう、十二個もある。うちは三人家族なのに。おまけにお父さんは甘いものが苦手なのだ。お母さんにあきれられちゃいそうだな。誰がこんなに食べるのって。

「はあ……」

ここ最近、ひとりでいるときは、ため息しか出ないなあ。

今すぐにでもドーナツを貪《むさぼ》りたべたい。もう無理だというくらい、糖分を摂取したい。

考えれば考えるほど、わけわかんなくなるよ。

本城くんの好きな子って、けっきょく誰なんだろう。どうしてライブや花火大会にわたしを誘ってくれたんだろう。どうしていつも優しいの。どうして嬉しいことばかり言ってくれるの。

どうして……どうして、あんなふうに抱きしめたりしたの。なんで謝るの。

「もうやだよ……」

まるで重い鉛《なまり》がお腹に詰まっている感じ。

えっちゃんに相談できたら少しは楽になるのかもしれない。でもなんとなく、どうしてもあの放課後のことを言う気にはなれなくて。

このままじゃつぶれてしまう。お腹の鉛が思ったよりも重くて、まっすぐ立つのもやっとだよ。

「お姉さん、大丈夫ですかあ？」

「はあ？　うるっさいなあ！　触んないでくれる！」

「あ？　なんだよ。こっちはせっかく助けてやろうかと思ったのによお」

「キモイの！　美夜に指一本触んな！」

ミヨ。聞き覚えのある甲高《かんだか》い声が、聞き覚えのある名前を呼んだから、引っ張られるように目線がそちらを向いた。ゆるいウェーブのかかった栗色《くりいろ》の髪がふわふわと揺れていた。

ミヨちゃんに話しかけていたのは大学生くらいの男の人だった。ミヨちゃんに睨《にら》まれると、彼は毒《どく》を吐いて舌打《したう》ちをし、大げさながに股《また》でそこを去った。見るところ、どうやら車椅子が道沿いの花壇《かだん》の溝にはまってしまい、身動きが取れなくなっているらしい。

「ミヨちゃん。大丈夫？」

思わず駆けよっていた。声をかけると、彼女はまたあの不機嫌そうな顔でわたしを見上げたけれど、すぐにそれは信じられないほどかわいい笑顔に変わった。

「小町ちゃん！」

「あの……」

「ごめーん。ちょっと手伝ってくれないかな？」

「えっ」

「ほら見て、ここ、右の車輪が挟《はさ》まっちゃって」

そう言われても、今まで車椅子なんて触ったことがなかったから、いったいなにをどうしたらいいのかわからない。

いっこうに動こうとしない頑固《がんこ》な車輪を見ながらあたふたするだけのわたしに、ミヨちゃんはまた楽しそうに笑った。その額にはうっすら汗が光っていた。

「ごめんね、車輪、足で蹴りあげてくれたらいいからっ」

「蹴り……!?」

「たぶん手だと重くて持ちあがらないと思うー。思いきり蹴っちゃって！」

これ持っとくから、と、彼女はわたしの手からドーナツの袋を取りあげる。いいのかな……と思いつつ、足の甲に大きな車輪を乗せて、そのまま蹴りあげた。瞬間、車椅子ががくんと傾いたので、持ち手の部分をぎゅっと握りしめた。

よかった、倒れなくて。びっくりした。

「ありがと、小町ちゃん。助かりましたあ」

「ど……ど、どういたしまして」

まだ心臓がどくどくしている。だってほんとに転んじゃうかと思ったんだもん。

それなのにミヨちゃんはにっこり笑ってわたしを見上げ、はい、とドーナツを返してくれた。

「そうだ、小町ちゃん。これから時間ある？」

思いついたように、ミヨちゃんはとびきり明るい声で言った。

「うん。あるよ」

「じゃあどっかでお茶しようよ！　助けてもらったお礼に美夜がおごるからあ」

ふわふわな髪をかわいく揺らしながら、彼女は首を傾げて笑った。その仕草がちょっと本城くんと似ていて、ふたりが幼なじみなのだということを実感する。同時に、その歴史を思い知らされた気がして、ちょっとだけ切なさが込みあげた。

きっとミヨちゃんは、本城くんのこと、たくさん知っているんだろうな。わたしがちーくんのことをよく知っているのと同じように。

「どこがいいかな？　あ、でもなんか食べれるとこがいいなあ。甘いものとか。美夜ちょっとお腹すいてるんだよね」

「じゃあ駅前のカフェとかどうかな？　あそこのパンケーキ美味しぃよね」

「うそ！　食べたことないや！　じゃあそこ行こっ」

言いおわらないうちに、ミヨちゃんは両腕で豪快に車輪を回しはじめた。見かけによらずたくましいことに驚いた。こんなにもかわいらしい、お人形さんみたいな見た目をしているのに、すごい。

思わず持ち手を掴み、車体を押すと、ミヨちゃんは少し驚いたようにこっちを見上げて、それから嬉しそうに笑った。

「ありがと、小町ちゃん」

車椅子ってけっこう重たいんだ。こんなものを動かしながら生活するのは、きっと想像以上に大変なことなのだろう。

美しい夜。と書いて、みよ、と読ませるらしい。かわいいけれどかわいいだけじゃない、ちょっと強気な彼女にぴったりだと思った。ぱっちりしたアーモンド形の瞳によく似合う、すてきな名前だ。

美夜ちゃんは、よくしゃべり、よく笑い、そしてとてもよく食べる子だった。

「えー？　小町ちゃんそれだけで足りる？」

「いやあ、たぶんこれくらいが普通なんじゃないかと……」

本気で不思議そうに首を傾げる美夜ちゃんの前には、アップルシナモンのパンケーキ三段重ねとカルボナーラ、おまけにオニオンスープが並んでいる。小さめの丸いテーブルはほとんど彼女の分の料理で占められていた。

これだけの量が、その細い体のどこに入るのだろう。

そういえば本城くんもよく食べる人だったっけ。本城くんと美夜ちゃん、ふたりで食事をしたらすごいことになりそうだ。

「小町ちゃん、そんなだから細いんだよお？」

「いやいや、絶対に美夜ちゃんのほうが細い！　明らかに細いです！」

「そんなことナイナイ。脱ぐとちょーだらしないお腹だから、美夜！　あはは！」

そんなことあるものか。そんなに制服の生地を余らせておきながら。

美夜ちゃんは座っていてもわかるほど、すらりと手足が細く、長く、おまけに顔も小さくて。顔に付属するパーツの一つひとつもため息がでるほど整っているのだから、神様って不公平だと思う。

「あ、でもね。こう見えて美夜、小さいころはモデルになるのが夢だったんだあ」

カルボナーラをひと口食べた美夜ちゃんが、口元にクリームソースをつけたまま無《む》邪気《じゃき》に言った。

「だからお化粧にもすっごく小さいころから手を出してさ、髪も小学生のころから染めたりして。懐かしいなー」

笑って「よくいるよね、こういうマセガキ」と言いながら、美夜ちゃんはまた大きな口でカルボナーラを頬張った。

「でも美夜ちゃん、かわいいしスタイルもいいから、小さいころからモデルさんみたいだったんだろうな」

「まあねー。でも歩けなくなっちゃったからさー、美夜」

はっとして顔を上げた。今、わたし、完全に余計なことを言った。美夜ちゃんは困ったように笑っていたけど、わたしは笑えなかった。

「あ……」

「あはは、ごめんごめん。じつはそうなんだよ、美夜が歩けなくなったのって、後天的なものなんだよねえ。ちょっと事故に遭《あ》っちゃって、それで」

「そう、なんだ……」

車椅子で生活するのって、どんな感じなんだろう。どれだけ大変なことなんだろう。立てなくなるって。昨日まで動いていた足が、とつぜん動かなくなるって、いったいどういう感じ？

想像もつかない。でもたぶん、わたしの考えなんか追いつかないほどの絶望だったのだろうということくらいは、わかる。

わかるのに、ぜんぜんわからないよ。

「もー。そんな顔するのやめてよ、小町ちゃん！」

美夜ちゃんはなんでもないってふうに笑った。夢をあきらめなければならないというあまりに悲しいことを、どうしてそんなふうに笑って語ることができるのか、夢すら持っていないわたしには、わからない。

「そんな話はどうでもよくってさー。小町ちゃんって、好きな人いる？」

「げふっ」

液体を飲みこむ寸前にそういう話題を振るのはやめてほしい。危うく気管に入りそうになったオレンジジュースをなんとか食道のほうに押しもどしはしたが、咳《せき》はいっこうに止まる気配がなくて、困った。

「あはは、いるんだー！　どんな人？　もしかして付き合ってるの？」

「え、ええ、えええ……？」

「焦っちゃって、小町ちゃんてばかわいいなあ」

言えるわけがないよ！　よりにもよって本城くんの幼なじみの、美夜ちゃんになんて。本城くんのことが好きとか、そんなの、口が裂けても言えない。

「そ、そういう美夜ちゃんこそ」

しどろもどろになりながら質問を返した。

「ん？　美夜はねえ、いるよ、好きな男の子」

言うやいなや、最後のひと口が、彼女のかわいらしい口に吸いこまれていった。カルボナーラはいつの間にかお皿の上から姿を消していた。

「ちなみに結婚の約束もしてるんだよ」

「えっ、結婚⁉」

「あはは。うん、そうだよー。すごいでしょ」

結婚、結婚って、なんだ、どういうことだ？　付き合っている男の子がいて、つまりその人からプロポーズされたということ？

年上の人と付き合っているのかな。プロポーズなんてするくらいだから、うんと大人の男性なんだろうな。こんなにもかわいい美夜ちゃんならありえそうだし、もしそうだとしたら、すごくすてきなことだと思った。

好きな人に好きだとも言えず、うじうじ悩んでいるわたしとは大違い。目の前に座る女の子は、圧倒的に魅力的で、堂々としていて、恋をしていることをとても誇っているように見えて。

「あのね、美夜ちゃん」

彼女が放つ輝きに惹かれるまま、口を開いていた。こんなふうになりたいと思ったのかもしれない。

「本城くんって……どんな人なの、かな」

「なっちゃん？」

彼女はコテンと首を傾げた。そしてじいっとわたしを見つめた。その探るような潤《うる》んだ瞳がいやで、先に目を逸らしたのはわたしのほうだった。

「なっちゃんは優しいよ？　小さいころから、なっちゃんが優しくない瞬間ってたぶんないかなー」

美夜ちゃんは遠い昔を思いおこすようにして言った。

「ほら、美夜ってこんな性格でしょ？　だから小さいころはよく男の子に生意気だっていじめられてたんだけど、ずっとなっちゃんが守ってくれてたんだあ」

きれいな口角がきゅっと上がる。その大きな瞳は相変わらず、痛いほどにわたしを真っすぐ刺している。

あ、バレたのかもしれない、と直感的に思った。

白い手がパンケーキに伸びた。それと同時に店員さんがカルボナーラのお皿を下げたので、美夜ちゃんは律儀にお礼を言った。

「だからね、美夜もなっちゃんのこと、守ったの」

「えっ？」

「小学五年の夏休みにね、なっちゃんが信号無視のトラックにはねられそうになって。なんだろ、ぜんぜん、無意識に、体が飛び出してたんだよねー。そんで目が覚めたら病院にいて、そのときにはもうすでに足は動かなくなってたなあ」

まあるかったパンケーキが彼女のきれいな手によって切りきざまれていく。店内の雑踏が急激に遠ざかり、わたしたちのテーブルには、一瞬だけ、つぶれてしまいそうなほどの静寂《せいじゃく》が落ちた。

「そのときにね、約束したんだ」

ふと、美夜ちゃんの手が止まった。

「なっちゃんが美夜のことお嫁にもらうって。責任取るって。なっちゃん、泣きながら約束してくれたの。歩けなくなったのは悲しかったけど、嬉しかったよー。だって美夜、ずっとなっちゃんのこと大好きだったもん」

喉がからからに渇《かわ》いている。それなのに、目の前にある水を飲もうにも、体が動かない。

「ねえ、小町ちゃん。……だから、なっちゃん、取らないでね？」

声が出なかった。ただ、胃に押しこんだパンケーキが逆流しそうなのを、必死に我慢した。

どんどんわからないことが増えていく。ううん、もしかしたら、なにもわかりたくないだけなのかも。

わたしはいったい、なにを信じて、なにを疑うべきなんだろう？

行き場のなくなってしまったこの気持ちをどうしたらいいんだろう？


気持ちの整理なんてぜんぜんつかないのに、無情にもやってきてしまった、文化祭当日。みんな浮足立っている中、わたしだけなんだか心に重りがぶら下がっているみたいだった。

本城くんにはなにも聞けていないし、なにも言えないままだ。美夜ちゃんの言っていたことはぜんぶ本当だと、もし彼の口からそう聞いてしまったら、わたしはその場で死んでしまうかもしれない。

「あんこは告白しないの？」

がくんと、なにもない場所でつまずいてしまった。えっちゃんがあんまりとつぜん変なことを言うから。

「こっ……?」

「なにすっとぼけてんの? あんこだって知らないわけじゃないでしょ、後夜祭のジンクス」

もちろん、知っている。この学校の女子なら知らないわけはまずないと思う。それほどに有名で、ベタな、後夜祭の時間に誰もいない教室で告白すれば成功するというジンクス……。

「ここらで言っといたら?」

えっちゃんはあっけらかんと言った。

「む、無理、ぜったい無理っ」

「だって最後の文化祭だよ? それに、あんこはこういうきっかけがないといつまでたっても言わないでしょう」

「そんなことっ」

ないし、と言いかけて、でもきっとそうだろうなあと思ったので、素直に口をつぐむ。

「卒業まであと半年なんだしさあ、付き合うにしても振られるにしても、ちょうどいいんじゃないの?」

振られるのにちょうどいい時期なんてあるもんか。

ぽりぽりとスティック菓子を齧《かじ》るえっちゃんをぎろりと睨むと、彼女は横目でこっちを見て、「あ、食べたい？」と一本くれた。違う、そうじゃない。

「告白は、たぶん、しないよ」

振られるんだろうなって。どうあがいてもきっとダメなんだろうなって、思う。理由ならいくつかある。

本城くんの好きな子は、きっと美夜ちゃんだ。美夜ちゃんの話を聞いてそう確信した。本城くんが長い間好きでいる女の子というのは、あの、ふんわりかわいらしい幼なじみだったのだ。

「それは、後夜祭で、ってこと？　それともずっとしないつもり？」

「ずっとしない。いいの。本城くんのこと、見てるだけで十分だなって、やっぱり思ったから」

花火大会で、本城くんは美夜ちゃんと付き合っていないと言ったけど、あれはもしかしたらうそだったのかもしれない。でも、ちゃんと本当かもしれない。

真実なんてわからないままでいい。もうなにも考えたくない。

わからないままで、気づいたらこの気持ちがなくなってくれていたらな。そんな都合のいい奇跡が起こってくれたら、こんなにいいことはないのに。

「あんこはそれでいいの？」

えっちゃんがどこか厳しい声で言った。小さくうなずいた。えっちゃんは短く息を吐いた。

「あ、そ。あんこがそう言うなら、あたしはこれ以上なにも言えないわ」

えっちゃんの口調は少し怒っているみたいだった。無理もない。えっちゃんはずっと、わたしの片思いをすごく応援してくれていた。いろんなこと相談に乗ってもらったし、協力だってたくさんしてもらった。最後まで頑張れない自分はわたしだっていやだ。

でも、えっちゃん、わたし、振られるのが怖いんだよ。

大好きな人に気持ちを伝えて、同じ気持ちじゃないことを突きつけられるのが、怖くて仕方ない。

「じゃああたし、準備あるから、そろそろ行くわ」

えっちゃんはいつもより少し低い声でそう言うと、持っていたお菓子の箱をわたしの胸に押しつけた。

「……あたしだって、寂しいんだよ、あんこ。最近元気ないのなんてわかるんだから。……悲しいことがあるなら、心配くらいさせてよ。むかつくことがあるなら、いっしょに怒らせてよ」

えっちゃんは怒っているんじゃない。ちゃんと考えたらそんなことすぐにわかるはずなのに、わたしは自分のことばっかりで、情けない。

「ごめん、えっちゃん、わたし」

「いいんだけどさ、べつに」

すっかり忘れていた。わたしには、圧倒的で絶対的な、無敵の味方がいるんだってこと。

「あのね、文化祭終わったら、ちゃんと話すから。ぜんぶ話すから。だから……聞いてくれる?」

えっちゃんのきれいな黒髪がさらりと揺れた。同時に小さくて青い石が光った。

「もうっ。しょうがないな、あんこは」

えっちゃんは困ったような、それでいて得意そうな表情を浮かべ、歯を見せて笑う。

バカだ。こんなにもすてきで無敵なヒーローの存在を忘れていたなんて、わたしはとんだ大バカ野郎だ。

その後ろ姿はいつだって本当にかっこよくて、つい見とれてしまうんだ。

うちの学校の文化祭は二日間あり、三年三組のシンデレラは二日目の午後一番の公演だった。

大きなトラブルもなく終了。それどころか大成功で、三十分間のステージはあっという間に感じられた。

お疲れさま、ありがとう、最高だった、そんな言葉を交わしたり、聞いたりしながら、ああ最後の文化祭が終わってしまったんだなあと実感する。どうにも寂しく、切ない気持ちになった。卒業したくないって、初めて思った。

「グランプリは惜しくも逃したけど、『演劇賞』ありがとうございましたあっ」

後夜祭前、先生が差しいれてくれたオレンジジュースとお菓子で乾杯《かんぱい》をした。音頭を取っているのは今日も守田くんだ。

教室には、みんなの着ていた衣装とか、誰のものかもわからないボロボロの台本とか、他にもいろいろ私物とかが散乱していて。そんなごちゃごちゃした中でのお祝い兼、打ち上げ兼、片付けみたいな時間を、どうしようもなく愛おしく思った。

「あんこっ。そろそろ後夜祭始まるし、グラウンド行こうよ。霧島も待ってるって」

「あ、うん！　ちょっと待って、ここのダンボールだけ解体するから……よいしょ」

えっちゃんがわたしの手から紙コップを取りあげ、ゴミ袋に捨ててくれる。こういうさりげないことができるあたり、えっちゃんは優しいなと思う。

そういえば、ちーくんは、後夜祭でえっちゃんに告白しなくていいのかな？　ここはわたしが気をきかせるべきかもしれない。しかしわたしにそんな器用なことができるかな……。

「ごめん、おまたせっ。行こう！」

教室を出るとき、視界の端っこで、本城くんの姿をつかまえた。

けっきょく、話せなかったな、文化祭。もう話せないのかな。話せないまま卒業して、大学も別々になって、もう二度と、会わないのかな。

そんなふうに考えると、じんわりと寂しい気持ちになった。

ちーくんは三組の下駄箱の前で待ってくれていた。わたしたちを見つけるなり、よう、と手をあげた彼はチャコールグレーのパーカーを着ている。たぶんおニューのやつだ。見たことのない色。

「いやあ、それにしても最高だったな、荻野のいじわるな継母役。あれのおかげで演劇賞とれたんじゃねえの、三組は」

「わっかりにくい悪口をどうもありがとう、ダンスの下手くそな霧島くん」

「う、うるせえな！　しょうがねえだろっ」

ちーくんたち六組のステージはダンスで、ちょうど時間もあったので、えっちゃんとふたりで見にいったのだった。ちーくんのあまりにぎこちないダンスにえっちゃんは大爆笑していた。これで卒業までいじりたおせると悪い顔をしていた。

ちーくん、運動神経はいいはずなのにな。そういうのってダンスには関係ないのかもしれない。

「そういえば今年の後夜祭ってなにがメインなの、リズム感のない霧島くん」

「おまえマジで許さねえからな」

「いいから早く教えてよ、ステップが踏めない霧島くん」

「おまっ……、いや、もういい、ここでキレたら大人げねえよ、うん」

えっちゃんが「つまんないわぁ」と口をとがらせる。それにちーくんが「なに笑ってんだよ！」と怒るので、けっきょく大人げないことになってるし。

でも、安心する。こんなふたりを見ていると、いつもとなにも変わらないと思えて、ほっとする。

「今年はアレだってよ、生徒会が頑張ったらしくて、校庭全部ライトアップと、そのあとで恒例のバンド演奏」

「へえ！　すごいね、ライトアップって今まででいちばん豪華《ごうか》なんじゃない？　ねえ、あんこ！」

ふたりが同時に振り返った。瞬間、瞳のなかに星が降ってきたみたいに、世界がきらきらと輝いた。えっちゃんとちーくんがいてくれてよかった。

言おう。本城くんとのこと。最初から最後まで、いろんなこと、ぜんぶ。ひとりで悩んでいたって仕方ない。そういえばわたし、ちーくんには、本城くんに恋していることすら伝えてないんだっけ？

「……ちーくん、えっちゃん、あのさ」

「あんこちゃーん！」

わたしの小さな呼びかけはかわいい声に遮られた。振り返ると、今日のステージで本城くんからガラスの靴を受け取っていた美紀ちゃんが、跳ねるようにこちらに走ってきていた。

「ごめんね、あのね、教室にお財布忘れてて、あんこちゃん」

「えっ、うそ」

「はい、これ。本城くんが『安西さんのだ』って言ってたんだけど、合ってる？」

息を切らした彼女の手にある、淡い水色の財布は、正真正銘わたしので間違いない。

走って追いかけてきてくれたんだ。シンデレラ役ってだけで自分勝手にやきもち妬いてごめんなさい、と心の中で謝った。

「うん、わたしのだ……。ありがとう、うっかり忘れて帰るところだったよ」

「私は届けてって頼まれただけだから、お礼なら見つけてくれた本城くんに。それにしても自分で届けたらいいのにね、本城くん」

「変なの」と小さく笑って、美紀ちゃんはくるりと方向転換をする。後夜祭は彼氏と約束をしているらしい。

「じゃあね、あんこちゃん。今日はお疲れさまっ」

「うん。ほんとにありがとう」

「本城くん、たぶんまだ教室にいるよ」

美紀ちゃんは本当に、親切心だけでそう教えてくれたのだろうと思う。でもなんとなく、わたしの気持ちを見透かされているみたいで、どきっとした。

このままじゃダメだってことはわかっている。このままでいるのはいやだとも、本当は思っている。

だったら、わたしはなにをするべきなんだろう?

気づけば足が動いていた。その前に、えっちゃんとちーくんに向きあい、口を開いた。さっき言おうとしていたこととはちょっと違うけど……。

「わたし、ちょっと本城くんにお礼言いに行ってくるね！　また連絡するっ」

「はいよ。いってらっしゃい」

えっちゃんはどこか満足げに笑い、ひらひらと手を振った。

「早く戻ってこいよ。つーか、なんだったら本城も連れてこい」

ちーくんがポケットに手を突っこんで歯を見せた。

わたしは「うん」と、ふたりにひと言だけ答えて、来た道を引き返した。

小走りになるのは仕方ない。自分でもよくわからないまま、よくわからない衝動《しょうどう》に突きうごかされて、胸が苦しい。

本城くん、聞きたいことも、言いたいこともたくさんあるけど、ちゃんと言葉になってくれるかな？

「あ、のっ！」

三年三組の教室。ドアを開けると同時に声を発したのは、今を逃したら、なにも言えなくなる気がしたから。

教室には本城くんの姿しかなかった。守田くんや野間くんもいっしょだろうと思っていたから、拍子抜けしたと同時に、ものすごい勢いで鼓動が速まった。

「あれ、安西さん……」

「あ、あの！　あの、本城くん。あの……財布、ありがとう」

少しきょとんとしたあとで、本城くんが笑った。「ああ」と言って、小さく息を吐いた。

久しぶりに話したせいなのか、その表情がなんだか無性に懐かしくて、胸がきゅうっとする。

本城くん、後夜祭には行かないのかな。開け放った窓に腰かけているその姿は、紺色に染まりかけている空にとっぷり溶けてしまいそうで、なんだか不安になる。

「安西さんは行かないの、後夜祭」

「えっ。あ……うん、えっちゃんとちーくんが、待っててくれてるんだけど」

「そっか」

「うん」

どうしよう、お礼はちゃんと言えたけど、このまま教室を出ていくのはなんだか違うし、でも、なにから切りだせばいいのかわからない……。

いつの間にか本城くんは窓の外に視線を移し、ぼんやりと、グラウンドを眺めていた。

「美夜に、聞いたんだろ」

こっちを見ないまま、本城くんはいきなり言った。

「えっ？」

「事故のこととか、いろいろ。聞いたんだろ」

静かな、怖いほどに落ち着きはらった声だった。心にぶら下がったままの重りがその声でもっと重みを増すから、真っすぐ立っているのでせいいっぱいだった。

「……ほんとう、なの？」

かすれた声になってしまった。おまけに消えいりそうなほど小さい声しか出ないので、ちゃんと届いているかわからない。

本城くんは答えるようにこっちを向き、

「本当だよ」

と、たったひと言、それでも刃物《はもの》のように尖《とが》ったそれを、わたしの喉元に突きつける。

「美夜が歩けなくなったのは俺のせいだし、あいつが夢をあきらめたのも、俺のせい」

急に目頭が熱くなった。喉の奥からなにかが込みあげて声すら出せない。

泣きそうだ。でも、泣いてしまったら、困らせるだけだ。

「だから……こないだのことは忘れてほしい。あんなことしてごめん。どうかしてた」

あんなことって、抱きしめたこと？　いっしょに花火を見たこと？　ライブに行ったこと？　いっぱい、優しくしてくれたこと？

言わないで。淡々《たんたん》と、無機質な声で、そんなセリフ言わないで。わたしにはとても幸せだった時間をなかったことにしないで。

そんな顔をしないで。

そんな目で、わたしを見ないで。

本城くん。わたしはね、わたしは……それでも。

「無理だよ、そんなの、無理だよ」

「安西さん」

「だってわたしは……わたしは本城くんのこと、好きなのっ」

告白するなんてわたしにはぜったいに無理だと思っていた。でも、もし、もしいつかこの思いを伝える日が来るなら、ぜったいに泣かないでおこうって。笑って、好きって言おうって、決めていたのにな。ダメだ、ぜんぜん。ダメだ。

「……ごめん」

ああ、やっぱり振られた。なにかを失った気がした。恋だ、と思った。

でも、おかしいな。わたしが振られたほうなのに、こんなのっておかしい。

「ごめん、安西さん」

どうして本城くんが泣きそうな顔をしているの？

「ごめん……、ごめんな」

告白を断るのって、どういう気持ちだろう。もしかしたら、本城くんみたいに優しい人にとってはものすごく心苦しいことなのかもしれない。

そう思うと、ゴメン、と言われた瞬間よりも悲しい気持ちになった。わたし、そんな顔をしてほしくて、本城くんを好きになったわけじゃなかった。

とつぜん、優しい光がふたりきりの教室を照らす。校庭のライトアップだった。最悪のタイミング。

「……俺、帰るよ。今日はお疲れさま」

最後にそれだけを言い、本城くんはカバンを持って教室を出ていった。

わたし、振られたんだ。本城くんに、とうとう振られたんだ。

もう、どうにも頑張れないんだ。

胸が苦しい。膝《ひざ》が震えるし、食べたもの吐きそう。

自分でもびっくりするくらい、ものすごい量の涙が溢れて止まらなかった。

こんなにも本城くんのことが好きだったのだと今さら思い知る。

照れたときに下がる眉も、襟足に触れる髪も、笑うと覗く八重歯もぜんぶ、遠くから見ているだけで十分だと思っていたのにな。

生まれて初めての恋も、失恋も、ちょっとわたしには重たすぎて支えられそうにない。それくらい、好きだったよ。

たぶん、これからも好きだよ。

ごめんね。

ふたり用ゲーム

花のように開く
柔らかな笑顔が
好きだ。

好きなんだろうな、本城のこと。
あいつはなにも言わないけど、俺にわからないわけがない。
だって、そうだろ？　幼稚園のころから俺はあんこのことしか見てこなかったんだ。
わかるよ。あいつのことなら、なんだって。そりゃもういやになるくらいに。
「戻ってきて、あいつら付き合ってたら、どうしようかなあ」
校庭はすでにピカピカにライトアップされているというのに、とうとうあんこは
戻ってこなかった。俺にも、荻野にも、連絡すらなかった。
文化祭、後夜祭、薄暗い教室にふたりきりってシチュエーションで、告白するなっ

てほうが難しい。そしてそのまま付き合うなってほうが難しい。だってたぶん、あんこと本城って、両思いだ。

盛りあがってんのかな。盛りあがってんだろうな。教室で、ふたりきりで、俺らに連絡を寄こすのも忘れて、いったいなにしてんだよ……。そこまで考えてやめた。精神衛生上よくない。

「あれ。霧島も知ってんの？　あんこが本城を好きだって」

荻野が意外ってふうに言った。どうやら荻野はあんこの気持ちを直接本人から聞いているらしかった。

「まあ、俺はあいつから聞いたわけじゃねえけどさ。わかるよ、そんくらい。あんこってわかりやすいし」

「あー、まあねえ」

長い髪を指先でくるくるといじりながら、荻野は興味なさそうな声を出す。なんだよ、こいつ、けっこうどうでもいいのかよ？

恐ろしいほど美しい漆黒の髪を眺めていた。すると、ちょっとキツめの瞳がちらりとこっちに向き、目が合うなり笑いやがった。

「でもあんたは違うでしょ？」

ああ、すげえいやだ。

「あんこのこと好きだから、わかるってだけでしょ？」

相変わらずうぜぇ女だよ。ぜんぶわかって、知らないふりして、カマかけたり、からかったりしてくるんだぜ。こいつの性格どうなってんだよ？　マジで。

なにも答えないでいると、荻野は「いいかげん認めたらいいのに」とつまらなそうにつぶやいた。「うるせぇ、ほっとけ」と答える前に、校庭のど真ん中でバンド演奏が始まった。あまいたまごやきのコピバンだ。演奏しているのは二年のヤツららしい。

「そんなだと、本城にあんこ取られちゃうよ？」

「……うるせぇな。関係ねぇよ、俺には」

今さら取られるもなにもない。あんこは昔から俺に、男として興味がひとつもないのだ。それくらいわかっていないとさすがにやってられない。もう何年になると思っている。そのへんはもう、すっぱりあきらめて生きてきたのだ。

そのくせ、他のヤツなんかは好きになれないんだから、人生ってのは上手いことできてないよな。

「本城もさ、たぶんあんこのこと、好きだろ」

「まあね、十中八九そうだと思う」

「いいんだよ。好き同士が付き合えば。そういうふうにできてんだよ、世界は」

「へえ？　かっこいいこと言うじゃん」

バカにしてやがる。いちいち半笑いなんだよなあ。

「そういう荻野はどうなんだよ？　付き合ってるヤツとか、いねえの？」

そんな存在のひとりやふたりくらいはいそうな雰囲気だが、そういえば恋愛関係の話というのはまったく聞いたことがない。荻野はあまり、自分のことを話したがらない。

「やだ、霧島くん、そういう質問ってセクハラじゃないの？」

「ああ⁉」

わっかんね。荻野って他人のこと好きになったりするのかな。想像もつかないが、だからこそ、荻野に好かれるヤツってのはものすごい幸せな男なのかもしれない。

「霧島は損な生き方してんね」

ふいに荻野が言った。いつものようにおちょくっている感じじゃない、どこか真剣な声だったので驚いた。

「なにが？」

「だってあんたのほうがよっぽどあんこのこと知ってるし、ずっと近くにいるのに。バッカだねえ」

うるせえ。恋愛感情が付き合いの長さとかそういうので決まるなら、世の中イージーモードすぎて笑っちまうよ。

盛りあがってきたバンド演奏のせいで聞こえないふりをした。こんなタイミングでラブソングが始まった。彼女のことが好きでたまらねえって歌だった。これもあまいたまごやきの曲だろうか？　俺がチケットを譲ったライブで、本城とあんこは、この曲をいっしょに聴いたのかな。

あんこは昔から、背の高い、優しい雰囲気の男が好きだ。好きになる芸能人すらいつもそんなのばかりだ。

だからチビで口の悪い俺はダメなのだ。どうあがいたって無理だ。

「でも、えらいよね、霧島」

「さっきからなんなんだよ？」

「そこそこモテるのに女と遊んだりしてないじゃん。一途《いちず》でピュアで、そういうところだけは評価してるんだよ、こう見えても」

「いちいち言い方がうぜえんだよ、荻野は」

一途はまだしも、ピュアってなんだよ？　面白がってるならむかつくし、本気で言ってるなら気色悪い。荻野英梨子ってやつは、わりとマジで、とっつきにくい。

ただ、なぜかあんこのことをものすごく大切にしてくれているから、かわいがって、守ってくれているのを知っているから、俺もこいつのそういうところだけは評価している。

「さてと。どうしよっか？　あんこも戻ってこないし」

「とりあえず、どっちにしろ待っといてやらねえと」

なにがあるかわかんねえし……と言いかけたところで、見覚えのあるシルエットを視界の端で捉えた。本城だ。視力だけはいいのですぐにわかった。

腹が立つほど背が高い。脚も長い。陸上選手の筋肉のつき方は、ほんとに無駄がない。

「……なんでひとりなの？」

荻野がつぶやいた。今、俺も言おうとしていた。

あんこがいない。どこにも見当たらない。めでたくくっついたものだとばかり思っていたので、本城がひとりで出てきたことは本当に意外だった。

思わず駆けよる。荻野もついてくる。本城は俺たちの姿を認めると、少し驚いたように目を見開き、それからどこか気まずい顔をした。なんの表情？

「あんこは？　おまえに会いに行ったと思うんだけど」

なんとなく責めるような口調になってしまう。

「たぶん、まだ教室にいる」

これは、なんかありました、と言っているようなものだ。

なんだ？　その態度、顔、声、いつものさらっとした本城とは違いすぎてどうしたらいいのかわからない。なんか、なぜか、けっこうきつい。

「なんかあった？」

そのセリフを口にしたのは俺ではなかった。ぴんと背筋を伸ばした荻野が、真っすぐ本城を見据《みす》え、圧倒的に冷たい声色《こわいろ》で、そう言い放ったのだった。いつの間にか演奏が終わっている。

「べつに、なにも」

本城って意外にうそつくのが下手くそなんだな。

「ないわけないでしょうが。そんな傷つきまくった顔して、あんたね、バカなの？」

責めるのをやめない荻野に、本城はゆるゆるとかぶりを振った。

「ごめん、荻野さん、霧島も。……ちょっと今はいろいろきつい」

告白した？ それとも、された？ 振った？ 振られた？

きついって、なんだよ？

ごめん、と本城はもう一度言って、そのまま歩きだしてしまった。その背中はどうにも悲しげで、荻野ですらもうなにも言おうとしなかった。

ちょっと待てよ。俺の中ではふたりはくっつくことになっていたから、ぜんぜん頭が追いつかない。

「どういうことだよ？」

ひとり言のつもりでそうこぼした俺に、荻野は、

「いいから行くよ」

と強く言った。どこにだよ、と俺が聞く前に、シャツの胸元を乱暴に引っ張られた。ずるずると引きずられる。その細い腕のどこにこんな力があるんだよ？　この女よりも男気のある男を、たぶん俺は今までに見たことがない。

荻野は迷わず三組の教室に向かった。ついていくしかできない自分が情けない。変にビビっちまってる。

こうこうと明かりが漏れだす教室を見て、妙な不安に襲われるような気持ちがした。

あんこはたぶん、この中にいるんだよな。

「あんこ、入るよ」

荻野はやっぱり迷いなく足を踏みいれた。もはやついていけていない俺にかまわず、真ん中の黒いかたまりにつかつかと歩みより、下から覗きこむ。さらりと長い黒髪が床に着いていることなんかは気にしていないようだった。

むかつくことのほうがぜん多いが、こんなときは荻野をほんとにかっこいいと思ってしまう。

あんこは、教室のど真ん中で体を丸め、震えていた。

「あんこ……？」

もしかして泣いてんの？　なにがあった？　なんで泣いてる？

まさか、本城に泣かされてんのかよ？

「えっちゃん……。えっちゃん、どうしよう……」

あんこは荻野の姿を確認するなり、すがるようにその腕を掴んだ。その指先はカタカタ震えていた。たぶん、それくらい強い力で荻野の腕を掴んでいるのだ。

「あんこ、落ち着いて。大丈夫だからね？　もうあたしがいるから。霧島もいるから」

俺なんかいてもいなくても変わらない。なにもできていない。たぶん、最後までなにもできない。こんなあんこを見るのは初めてだから完全にビビってるよ。なんか、いやだよ。

「深呼吸しよう？　大丈夫だから、ほら。吸って、吐いて、ゆっくり」

荻野の声に合わせながらあんこは徐々に呼吸を整えていった。それでも、その頬を濡らす涙はしばらく止まらなかった。

なにがあったのかはわからない。しかし、ここまで呼吸を乱し、大泣きするほどのことがあったのはたしかだ。

こんなにも気持ちを揺さぶられるほど、あんこは本城を好きなんだということ、目の前に突きつけられた気がした。

あんこは昔からほんとによく笑う女だった。ふわりと花みたいに笑ってみせるのがどうにも好きで、その顔を見たくて、俺はガキのころいつもバカばかりしていた。

そういえばあんこが泣いたことってこれまでに何回あっただろう。転んだとき？注射したとき？　熱出したとき？

普通だったら泣くような、どの場面を思い返しても、「平気だよぉ」ってニコニコ笑っていたように思う。ああ見えてけっこう強いヤツなんだ。逆にそういうときは俺の方が大泣きしていたっけな。だせぇや。

あんこが泣いたといえば、俺が大ケガして帰ってきたときとか、学校で飼っていたウサギが死んだときとか、仲の良かった先生が離任してしまったときとか……。ほんとにぜんぜん、自分のことでは泣かないヤツだ。そういう強くて優しいあんこが好きだった。

今でも、好きだ。

「落ち着いた？　あんこ」

まだ少し震えている小さな背中をさすりながら、荻野がとびきり優しい声を出す。

「うん……。ごめん、えっちゃん。ありがとう、もう大丈夫だよ」

大丈夫じゃないのを必死に押し殺しながら、あんこは笑った。涙のあとが痛いほどに切ない。なんにも言葉が見つからない。

「ちーくんも、ありがとう」

ほんとになにもできていない俺にも、あんこはそんなことを言う。俺はなにも答えられなかった。ただ小さく首を横に振るだけだ。

「さっきね、本城と会ったんだけど」

荻野が真面目な顔で言った。

「なにかあった？　あいつちょっと様子おかしかったし、あんこも泣いてるから。ただごとじゃないでしょう？」

「うん……あのね、えっちゃん、ちーくんも」

あんこが息を吐いた。深呼吸をしているみたいな、長い長いため息だった。

「わたし、振られたよ、本城くんに」

心臓をガツンと殴《なぐ》られた感じ。

好きな女が他の野郎に振られて喜ぶってヤツの気が知れない。ぜんぜん嬉しくない。

ただ、ただ、ショックだ。切ないって気持ちを生まれて初めて体感している。

なに振ってんだよ？　両思いだろ？　好き合ってるんじゃなかったのかよ？

あんこを通じて、俺ごと、本城夏生という男にバカにされているような気がした。

「わっけわかんね……」

ベッドにどさりと倒れると、まるで体がそのままマットに吸いこまれていくみたいな感じがした。

あんこはあれ以上なにも言わなかった。『本城くんを好きだってこと、黙っててごめんね』と、涙で濡れた顔をぎこちなく笑顔に変えて言っただけだった。

どうしてあんこがそんな顔をしなくちゃいけないんだ？

ずっと同じことばかり考えている。それから本城の暗い表情を思いだして、また頭が痛くなった。意味わかんね。好きなら付き合うでいいじゃねえかよ。そんな顔してまで断る必要なくね？　あんのか？

ある、のかな。マジで、なんかあったりするのかな？

なんか――本城があんこを振らなければいけなかった、決定的な理由が。

慌ててスマホを開き、メッセージアプリを起動する。本城夏生、どこだ……、本城夏生……。

やっと〝ハ〟のところまでスクロールしたちょうどそのとき、

「千尋。ゲームやろうぜ、千尋、なあ千尋」

としつこく呼ばれた。

ドアからぬっと出てきたまぬけな顔を見て、力が抜けた。うるせえのが来た。こういうときにいちばん見たくないヤツだ。今日ばっかりはさすがにキレそうだぜ、兄ちゃん。

兄はドアの隙間からゲーム機のコントローラーをちょろちょろと見せては嬉しそうに笑っている。いいのか？　二十四歳にもなる大人がこんなんで。気の抜けたようなふやあっとした顔面はマジでやめてほしい。なんか情けない気持ちになるから。

「なあなあ、ちーちゃん」

ちーちゃんはやめろって言ってるだろ！

「うっせえなあ。わかったよ、今行くからちょっと待ってろ」

六つ上の兄、未宏《みひろ》はゲーマーだ。そして同時にものすごいコレクターだ。週末はあんこや荻野とうちでゲームをすることもあるくらい、部屋にはゲームソフトが素晴らしくそろっている。なんでもやり放題。

でもなぜかこいつって激弱なんだよな。センスがない。ゲームの腕なら俺のほうが断然いい。

「おー、千尋。来た来た」

振り返って俺を見るなり、兄はコントローラーをぽいっと投げる。

「どうしてもここがクリアできなくてさあ」

未宏が言うのを聞きつつ、コンティニューを選択する。

「武器は？　変えてみた？　つーかアイテム回収終わってんの？」

「バカ、ここにバーナーあるじゃねえか」

「たぶん……」

「うっ。ちーちゃんすごい！」

うるせえ。気色の悪い声を出すな。

こうして兄弟肩を並べてゲームをすることは、昔から霧島家では珍しい光景じゃない。とくに俺が部活を引退してからは回数が増えたように思う。

「千尋、なんかあっただろ？」

やたらと敵のゾンビが出てきはじめたタイミングで、未宏はいきなり言った。ついに集中力が途切れて一発モロに食らってしまった。

「ついに小町に振られた？」

「なっ……！」

ゲームオーバー。死んだ。ふざけんな、せっかくもう少しでクリアできそうだったのに！　ぜんぜんセーブしてなかったからけっこう遡《さかのぼ》ることになってしまう。

「あっはっは、図星だ！」

「違ぇよ！　うっせーな！　笑ってんじゃねぇ！」

それでもからから笑いやがる兄に、けっこう本気で殺意《さつい》が湧《わ》いた。

「逆なんだよ。……あんこが、振られた。らしい」

未宏はエッと叫《さけ》んだ。

「誰に⁉」

「好きな男にだよ。決まってんだろ」

「待って⁉　お兄ちゃんそんな話聞いてないんだけど！」

黙ってコンティニューを押した。向かってくるゾンビを、普段の五倍くらいの憎しみを込めて撃《う》ちぬいた。

「なあ千尋、ほんと、誰にだよ？　いつの間にそんなことになってんの？　小町に好きなヤツがいたってこと？」

うるさい上にしつこいんだからうんざりだよ。

「あんこだってもう高三になるんだし、そりゃ恋のひとつやふたつくらいはするだろ」

「同じ学校のヤツ？」

「そう。夏前にさ、未宏、チケットくれたろ？　あまいたまごやきの。あれ譲ったヤツだよ。けっきょくそいつとあんこがふたりで行ったんだ」

言いながら、無性にやりきれない気持ちになった。

本城にチケットを譲ってしまったこと、後悔ならもうさんざんした。だったら俺がいっしょに行きたかった……と思い、いやあんこは本城とだから行ったんだろうな……と思いなおす。そのクソだせえループなら腐《くさ》るほどした。

「そうか……。どんなヤツなの？　小町の好きな男は」

「言いたくもねえ」

「うわ、キレてる、ちーちゃんがキレてるぅ」

「キレてねえよ」

そろそろキレそうだけど。

「でもまあ、わかるよ。俺らのかわいい小町を振るなんてやってくれるよなあ、そいつ」

未宏が変に真面目なトーンで言うので、今度こそ本気でコントローラーを叩きこわしそうになってしまった。

あんこはガキのころ、このバカ兄貴のことが好きだったのだ。背が高くて、優しく穏やかで、未宏ってあんこのタイプを絵に描いたような男だもんな。そんなお兄さんが近所に住んでいるとなれば、そりゃあ好きになるのはしょうがない。

「おまえだって振っただろ、あんこのこと」

こういう言い方にはちょっと語弊《ごへい》があるかもしれない。未宏はあんこの気持ちを知っていて、そのうえで、相手にすらしなかったのだ。

あ、クリアした。隣で黙りこんでいる男にぽいっとコントローラーを投げる。なにも反応がないので、見ると、未宏はわざとらしくしゅんとしていた。さすがに腹が立った。

「やんねえの？　続き」

「べつに振ったわけじゃねえもん、俺」

「……わかってるよ。悪かった」

「小町は千尋と同じっつうか、妹みたいなもんなんだよ。それに歳だって六つも離れてるし……。わかるだろ？」

「わかってる。もういいよ、ごめん」

わかるよ、今なら俺にも、あのときの未宏の気持ちが。

でも、俺は当時からあんこのことが好きだったのだ。だから、あんこに好かれている兄が、なのにその気持ちに応えてやらない兄が、どうしても許せなかった。俺には振り向いてくれないのになんなんだよって、理不尽《りふじん》に怒っていただけだ。

それが小学校低学年のころの話。あのとき未宏はすでに中学生だったわけだし、よく考えたらあんこを相手にしないのなんかは当たり前のことだ。

それでもどうしたって、思いだすとやっぱりむかつく。むかつくもんはむかつく。

「あーあ。かっこわる」

モスグリーンの巨大なビーズクッションに背中からダイブした。ずずず、と沈んでいく感じ、自室のベッドとは比べものにならない。このまま地中に引きこまれるんじゃないかとさえ思う。いいや。いっそ引きこまれてしまえ。

「あんこすげえ泣いてたのに、気のきいた言葉すらかけてやれなかったよ」

今日の俺は史上最悪にダサかった。こんなセリフを兄の前で言ってしまうくらいには、ダサかった。

それなのに、未宏や本城にはいっちょまえに腹を立ててさ。

かっこ悪りぃよ。そりゃ、あんこだって、こんなヤツ好きになったりしねえさ。

「会いに行けば？」

ソフトをゲーム機から取りだしながら、未宏はこともなげに言った。

どうやら続きはやらないらしい。本当に俺にクリアしてもらいたかっただけのようだ。弟がいないと満足にゲームもできないのかよ？

「小町の家そこだし、今からでも会いに行って、話聞いて、泣かせてやったらいいじゃん？」

兄はさも当然のことのように言う。

「そんなの無理に決まってんだろ。傷えぐるだけだし……」

「えぐってやりゃあいいんだよ。そんで、もういいってくらい優しくしてやれ。おまえは恋愛経験ゼロだからわかんねえかもだけど、失恋して弱ってる女ほど落としやすい生き物はいないんだぞ?」

言ってくれる。冗談なのか本気なのかわからないからこっちも反応に困る。いろいろと図星で反論できない俺になんかかまわず、未宏はせっせともう一台の別のゲーム機を用意しはじめた。

「そんな下心満載《したごころまんさい》で会いに行けるか、バカ」

「千尋さあ、そんなだから童貞なんだぜ?」

うるせえ。ドウテイは今、これっぽっちも関係ない。

「おまえはどうしたいの? ウジウジしてるだけじゃなんにも変わんないよ」

弟がいないとろくにゲームひとつクリアできないような兄だが、こんな兄がいないと弟はろくに恋愛ひとつできない。いや、ひとつもできていないか。

どうしたい? 俺は、どうしたいんだ?

「本城のことぶん殴りたい」

ぽつんと言った。未宏はきょとんとして、それから笑った。

「あっはっは! マジかよ、ちょっと女振っただけでその幼なじみにぶん殴られるとか、かわいそうだな、ホンジョウ!」

ぜんぜんかわいそうだとは思っていそうもない口調に、なぜか俺のほうが本城を気の毒に思ってしまった。その幼なじみの兄貴にこんなふうに笑われてかわいそうだ、本城。

「いいんじゃね？」

ひとしきり笑ったあとで、未宏は少し真面目に言った。

「千尋にはそうする権利があると思うよ。ガキのころからずっと小町を好きで、守ってきたのは、おまえなんだからさ」

差し出がましいのは重々承知《じゅうじゅうしょうち》だ。でも、どうしても、このまま黙っているわけにはいかないのだ。

これは俺とあんこの問題じゃない。俺と本城、男同士の問題だ。

あんこを振った。そして泣かせた。その事実がある以上、俺は怒ったっていいよな？

「あ、でも、小町のフォローもしてやらないとダメだぞ。下心うんぬんは抜きでさ、幼なじみとして」

いつの間にか画面には、未宏の唯一《ゆいいつ》得意な対戦ゲームのタイトルがでかでかと映しだされていた。

「あんこには荻野がいるから大丈夫だと思う」

言いながら、そういや荻野もこのゲームがいちばん好きだよな、とぼんやり思った。

「エリコちゃんだっけ？　あのスレンダーな美人ちゃんな」

「たぶんあんこも荻野のほうがいろいろ話しやすいだろうし、素直に泣けるだろうからさ」

荻野はあんこから本当に信頼されている。悔しいくらいに。女同士だからと言われればそれまでなんだろうが、荻野はほんとにあんこの扱いが上手いのだ。

「あんこはあいつに任せとけば間違いないよ」

「ふうん。千尋が小町のこと他人に任せるなんて珍しいじゃん。信頼してんのな、エリコちゃんのこと」

そうかもしれない。認めたくないけど。今日、泣いているあんこを抱きしめる荻野を見て、こんなに頼もしいヤツはいないと心底思った。こんなふうになりたいと思った。たぶん、なれない。むかつくけど、あんなにかっこいいヤツはそうそういない。

「未宏、ありがとな。今度アイスおごる」

「えっ、ゲームは？」

「悪りぃけど、今日はもう寝る」

「せっかくセットしたのに……ちーちゃん冷たい……」

いつまでもぶつぶつ言っている未宏の部屋を、どこかすっきりした気持ちで出た。

こんな兄だけど、いてくれてよかった。

自室に戻るとすぐにスマホを開き、本城に電話をかけた。夜遅かったのでさすがに出てくれないかと思ったが、本城は六回目のコールで出た。

「もしもし、霧島？」

窺《うかが》うように本城は言った。俺から電話がかかってくるというのはあまりに予想外だったらしい。

「おう、遅くにごめんな」

「いや、大丈夫」

少し緊張したような声。俺もつられて緊張した。いや、もしかしたら本城のほうが俺につられているのかもしれない。

「なあ、今度うちでゲームしねえ？」

変に張ってしまった緊迫感をぶち破るように、俺はあっけらかんと言った。

「ゲーム？」

「おう。ひとりじゃなっかなかはかどらなくてさ」

返事がない。なに言ってんだこいつ、とか思われているんだろうか。実際、なに言ってんだ、俺。

「わかった」

数秒の時差が生まれたあとで、本城は静かに答えた。それ以上でも以下でもなかった。それでも、覚悟を決めたような声色に、なぜだか鳥肌が立った。

本城はきっとわかっている。俺が本当はなにをするつもりなのか、なにを話すつもりなのか。そりゃそうだ。このタイミングで呑気にゲームなんかするわけないよな。

「ちなみになんのゲーム？」

どうでもいいようなことを聞いた本城に、少し気が抜けてしまった。

「こないだ兄貴が新しい戦闘ゲー買ったから、それとか？」

「お兄さん、ゲーマーなんだっけ？」

「おう。本体なんか、初代から限定色でピシッとそろえてやがるんだぜ」

本城は笑った。優しい笑い声が電話越しに聞こえてくるのでおかしな気持ちになった。あんこは本城のこういうところが好きなんだろうな。

そりゃすごいな、という言い方が妙に大人っぽくて、なんとなく置いてけぼりを食らったような気分だ。

本城はバウムクーヘンなんていう洒落《しゃれ》たものを手土産として持ってきた。土曜の午後は家族が全員いないと伝えてあったはずなのに、律儀なヤツだ。

「てきとーに座れよ。オレンジジュースでいいか？」

「うん。ありがとう」

玄関《げんかん》で靴はきちっとそろえるし、「おじゃまします」とか「ありがとう」とかいちいち言う。長い脚を投げだし、ソファに涼しげな顔ですらりと座っている姿を盗み見て、かっけえなあと素直に思ってしまった。すべてがさわやかにキマっているというか。まあ、文化祭の王子役はハマっていたしな。荻野の継母役ほどではないが。

「マジで戦闘ゲームでいいの？　なんなら違うゲームも山ほどあるけど」

言いながらグラスを手渡すと、本城はもう一度ありがとうと言った。

「なんでもいいよ。ぶっちゃけゲームなんて十年くらいやってなくてさ」

「マジかよ？　なにしてたんだよ？」

「そりゃ、走ってばっかりだよ」

恥ずかしそうに肩をすくめてちょっと笑い、本城がジュースを飲んだ。その横顔は男の俺ですら見とれるほどの色気があるくせに、まぶしいくらい健康的で、不思議な男だなあと思った。それともスポーツマンってのはみんなこうなのだろうか。俺は適当にやってたからなあ、サッカー。

「……正直さ、ちょっと感動したんだ」

ソフトをセットしながら、無意識のうちに俺は言っていた。ウィンという音とともに画面がぱっと明るくなる。

「陸上の決勝見てさ。あーこいつかっけえなあって、悔しいけど、ほんとに、素直に思った」

真っすぐ背筋を伸ばして、凛《りん》と前を向いて。ただ黙々と地面を踏みしめていく本城はめちゃめちゃにかっこよかった。かなわないと、思い知らされた。

俺だって泣きそうだったんだもんよ、そりゃあんこだって泣くよ。

コントローラーをひとつ渡す。本城は黙ってそれを受けとると、ピコピコと、意味もなくボタンを押していた。男らしくゴツゴツしているのに、すらりとした、きれいな指だ。

「あんこのこと、好きだろ？」

完璧な形の指が動きを止めた。本城はやっぱりうそをつくのが下手くそだ。

「言えよ」

「死んでも言わない」

低い声だった。そこでゲームスタートになった。本城が慌てたようにコントローラーを握りなおす。

「でも否定はしないんだな」

「霧島だって否定しないだろ？　同じこと聞かれても」

そこ、バレてるのかよ。

「うっせ」

「霧島ってわかりやすいよな」

「本城にだけは言われたくねえっつの！」

不思議議だ。お互いの気持ちはわかりきっているはずなのに、憎みあっているような
ギスギスした空気ではなかった。むしろ俺は妙な同族意識みたいなものを感じていた。

今ゲームでも協力プレイをしているからかもしれない。

でもやっぱり、ひとつだけ、腑《ふ》に落ちないことがある。

「なんで振ったんだよ？」

うるさいくらいのBGMと、画面の中で暴れつづけるマシンガン、それからコント
ローラーを操作する音。それだけが部屋に響いている。

本城は黙りこんだまま、ただ画面を見ていた。答えを考えたり、口を開いたりする
ような素振《そぶ》りすらなかった。無視かよ？

「聞いてんの？」

「聞いてる」

「なんであんこのこと振ったのかって聞いてんだけど」

「べつに、なんだっていいだろ」

「よくねえよ」

イライラしている。単純な操作ミスが続いてしまう。

「あいつもう死ぬんじゃねえかってくらい泣いてたんだぞ。なに振ってんだよ？　あんこのこと好きなんだろ？」

「好きだよ」

は？

「好きだよ。俺は安西さんが好きだ」

なんだよ……拍子抜け。

そんなに簡単に、クリアに、言うのかよ？　あんこのこと泣かせておいて、俺がずっと言えなかったセリフを、そんなふうに口にするのか。

「だったらなんで……」

「なんでもいいだろ。……霧島こそ、安西さんのこと好きなくせに、なにをそんなに怒ってるんだよ。チャンスだろ、今、普通に考えて」

そうだよ。そうだけど、おまえにだけは言われたくねえ。

「死んでも口に出さないつもりだったのに」

ひとり言みたいにこぼしたその言葉を聞いて、俺の中のなにかがプツンと切れた。

気づけば未宏の大切なコントローラーをソファにぶん投げ、そのまま本城の胸ぐらを掴んでいた。誰かに馬乗りになったのは生まれて初めてのことだ。

「言ってみろよ。一から十までちゃんと説明して、俺を納得させてみろよ。なんも言わねえまま、あんこのこと泣かせといて許されるとか、おまえ本気で思ってんの？」

ああ、なんで俺が泣きそうなんだ？

「なんとか言えよ、なあ。おい、聞いてんのか……」

「……結婚を約束した子が、いる」

「は……？」

一瞬、なにを言われているのかわからなかった。

「霧島も会っただろ、大会のとき。幼なじみの竹内美夜だよ。小五の夏、俺があいつを嫁にもらうって、約束した」

大会、幼なじみ、タケウチミヨ——？

三つの単語が頭の中でぐるぐる回る。やがて思いだす。あの、車椅子の女だ。

「美夜が車椅子で生活してるのは、トラックに轢《ひ》かれそうになった俺をかばって、代わりにはねられたからなんだ。その日、俺はあいつから、自由に動く両脚も、モデルになるっていう夢も、ぜんぶ奪った。泣いて謝った。謝っても許されないなんてことはわかってたけど、それ以外にできることなんてなかったし。でも、そしたらあいつ、お嫁さんにしてくれるなら許すって……笑って言ったんだ」

冗談だろ。そんなのありかよ？

だって、こんな話が本当だとしたら、これってちょっとあんまりだろう？

本城の胸ぐらを掴んでいた俺の両手はゆるゆると握力を失っていった。目の前の男は、ソファに腰かけたまま俺を見上げて、静かに続けた。

「俺が美夜の人生をまるごと背負うって、そのとき決めた。悪いけど、もう決めたんだ」

かわいそうだなって、思うよ。本城のことも、そのミヨとかいう女のことも。かわいそうだ。同情する。

でも、じゃあ、あんこは？

「だったらおまえ、なんであんこのこと好きになったりしたんだよ？」

「俺だって誰のことも好きになったりしないって決めてた」

「でも、どうしようもなく、好きになっちまったんだろ？　あんこが好きなんだろ？」

「……好きだよ。でも」

「〝でも〟じゃねえんだよ！」

いつの間にかテレビの画面にはゲームオーバーの文字が表示されていた。ふたりともすっかりコントローラーなんか投げだしているのだから当たり前だ。

「なあ、あんこの気持ちはどうなんの？　かわいそうな本城と、かわいそうなミヨに振りまわされてるあんこは、どうしたらいいんだよ。自分のせいで歩けなくなった女の人生を背負ってやる。立派な覚悟だよ。でも、おまえのそれは、自己満足だろ?」

とたん、本城の顔色が変わった。

「言えよ。ミヨとやらに、好きな女ができたって。言えばいいだろ? 簡単なことだろ?」

「言ったよ」

本城はきっぱりと言った。

「でも、いやだって泣かれた。それをはねのけることなんて、さすがにできなかった。そんなに簡単なことじゃない。どうしようもないんだ、霧島」

その声色はいたって冷静だったが、俺と同じでどこかイライラしているようにも聞こえた。本城みたいな男でも好きな女のこととなるとクールではいられないんだなって、カーッと熱くなった頭のほんの片隅で思った。

「だったら、ミヨとやらが泣かないためにあんこが泣いてもいいのかよ? 本気でそんなふうに思ってんのか?」

「そういうわけじゃない」

「だったらどういうわけだってんだよ! 自分のためにいちばん好きな女が身を引こうとしてくれてるんだぞ! おまえそんなダセェことできんのかよ!」

怒鳴《どな》っちまった。俺の怒号を正面から浴びながら、本城は今にも泣きそうなくらい苦しい顔をしていた。

簡単な答えを簡単に出せない本城夏生という野郎は、憎たらしいほどに優しい男だ。俺は、逆立ちしたってこの男にはなれない。どれだけあんこを好きでも、本城の代わりにはなれないのだ。

「おまえがどうにもあんこを好きなように、あんこだっておまえじゃなきゃダメなんだ」

すがるように本城のTシャツを掴む。そのまま崩れるように頭を垂れて懇願《こんがん》した。

「頼むよ……。頼むからもう、あんこのこと泣かせないでやってくれ」

そして、本城自身も、そんな呪縛《じゅばく》からは解放されてほしい。あんこの好きなその優しさを、自分で食いつぶすような真似《まね》はしないでほしい。

「……霧島は、かっこいいな」

顔は上げられなかった。たぶん、俺、泣いてる。こんな情けない顔を見られるわけにはいかない。

「ガツンときた」

バカにしてるのか？

「ありがとう。俺、ケリつけるよ。安西さんにも、美夜にも、自分の気持ちにも」

本城もなんとなく涙に濡れたような声だった。男ふたり、たかが女のために泣いて、ダッセェ。それでも、本気で誰かを思うことは、きっとダサいことじゃない。

オレンジジュースを注ぎなおし、本城が持ってきたバウムクーヘンも皿に出した。気を取りなおして始めたゲームは対戦アクションもの。でも、本城ってマジでゲーム弱いよ。笑っちまうくらい。

「なあ、霧島はこれで本当によかったのか？」

今回のバトルも圧勝した俺に、仕返しでもするかのように本城は言った。なにがだよ、と聞きかけて、やめた。なにを言われているのかはもうわかっている。

「いいんだよ」

俺はまっすぐ画面を見ながら答えた。

「余計なこと言って困らせたくない。ずっとそうしてきたんだ。俺は幼なじみって立ち位置を捨てたくねえから、この関係を壊すような真似は絶対しない」

言いきって、いっきにオレンジジュースを飲みほした。これで引き返せないと思うと多少の胸の痛みは感じた。果汁一〇〇％は濃すぎる。喉がじんじんする。

「ほんとに正直に言うと、美夜に俺がいるように、安西さんには霧島がいてくれるって思ってた」

なめるなよ。こちとら想像を絶するような年月をいい幼なじみで通してきているのだ。

「そりゃあ、残念だったな」

吐き捨て、バウムクーヘンを口に放りこむ。美味い。どこのやつだ？

本城が息を吐くように笑った。

「おまえにはかなわないよ」

ぜんぜんそんなふうには聞こえない。これはきっと完全勝利宣言だ。おまえなんかあんこに振られちまえ、と思った。

「こんな千載一遇《せんざいいちぐう》のチャンスを棒に振るなんてお人好しにも程があるでしょ」

土曜日のことを話すと、称賛《しょうさん》するというより、慰《なぐさ》めるというより、荻野は軽蔑《けいべつ》するというような視線を俺に向けた。

本城とミヨの事情は言わなかった。簡単に口にしていいような内容ではないと思ったのだ。

「バカすぎて引いた」

それにしても、シンプルな暴言を遠慮なくぶつけてきやがるところ、そろそろ治らないものか。

「ていうかバカ。ただのバカ。ほんっとバカ。いやもう、バカすぎて怖いわ」

「バカバカうるせえな。こちとら断腸《だんちょう》の思いで本城に啖呵《たんか》きったんだよ。少しくらい慰めてくれるとか、こう、あるだろ」

「バカにかける言葉なんてない」

こいつ、あんこの恋を応援してるのか、俺の恋を応援してるのか、いったいどっちだよ？　そんなしょうもないことを思わず訊ねてしまった俺に、荻野は心底いやそうな顔をした。

「あたしはあんこが幸せならなんでもいいよ」

あ。今、わかった。このどうにも気に入らない女と妙に気が合ってしまう理由が。

「……うん、俺も」

短い言葉で返す。荻野は笑った。眉をひそめたまま、あきれたってふうに。またいやな顔をされると思ったのでこんな表情を見せられたのは意外だった。

「あんたもね」

「え？」

「あんたみたいなバカのこと、ちゃんと見て評価してる女が、案外近くにいるかもしれないよ」

荻野はなぜか勝ち誇ったように言った。ぞっとするほど美しい黒髪が太陽にきらめく。耳元で輝く青い石がちらりと覗いた。

「……そういや荻野って」

好きなヤツとか、いねえの？

「あ。あんこ、こっちこっち！」

俺の質問はかき消され、宙に舞った。

「えっちゃん、ちーくん、お待たせっ」

あんこが笑うといっぺんに春が来たみたいだ。後夜祭のとき、このまま死んでしまうのではないかというほど泣いていたあんこは、最近またよく笑うようになった。悔しいがこればかりはきっと荻野のおかげだ。

たぶん本城とはまだなにも話していないのだろう。きっとあんこの傷口も完全にふさがったわけじゃない。でも、その修復をするのは、やっぱり俺の仕事ではないと思うのだ。

「ちーくん、もしかしてそのパーカーって新しいやつ？」

「うお、よくわかったな」

「そりゃあね。ちーくんのことはわたしが誰よりもよく知ってるもんっ」

人の気も知らないでよくもそんなことを言ってくれる。でも、そういうあんこが、ずっと好きだよ。重さも、長さも、誰にも負けるつもりはない。これぱっかりはきっと本城にだって超えられない。

「あ、ねえねえ、久しぶりにみんなでドーナツ食べにいかない？」

「いいねえ」

あんこが甘えたように笑う。荻野がとびきり優しく答える。この景色をずっと見ていたいと思う。

「ねえ、ちーくんもいいでしょ？」

振り返ったあんこが花のように笑った。どうにも切ない気持ちになった。しかし、これ以上の幸福はないと思った。

「おう、食いにいこうぜ、ドーナツ」

あんこが笑って好きって言う相手は俺じゃなくていい。だからずっと、その笑顔を見せていてほしい。

それだけで、十分だ。

きんぴかトロフィー

怖いくらい
優しすぎるところが
大好き。

なっちゃんに好きな女の子がいるかもしれない。

すぐにわかったよ。高校最後の大会の日、初めていちばん先に私のところに来なかったなっちゃんが、信じられないくらい優しい笑顔を向けている相手がいたから。

その子は泣いていた。たぶん、自己ベストを出したなっちゃんのために、泣いていた。

安西小町――その子がたぶん、なっちゃんの好きな女の子。

「ねえ、なっちゃん。小町ちゃんってすっごくかわいいね？」

いじわるで言ったのに、なっちゃんの顔を見てすぐに後悔した。そんな気持ちを誤魔化すように、もう一度「ねえ」と声をかけると、ようやくなっちゃんは小さくうなずいたのだった。

「安西さんは、いい子だよ」

いい子って無難な言い方が気に障《さわ》る。

違うでしょ、好きなんでしょうと責めてしまいたい。でも、その答えは、ぜったいに聞きたくないとも思う。

どうしてなっちゃんは微笑んでいるんだろう。傷ついたように、悲しそうに笑うんだろう。言いたいことがあるなら言えばいいのに。でもきっと、なっちゃんの言いたいことぜんぶ、言わせないでいるのは私だ。

「美夜、小町ちゃんとまた会いたいな」

「無茶言うなよ」

なっちゃんは少し笑いながら言った。あきれているというより、勘弁《かんべん》してくれって感じの言い方だった。

「えー。だってなっちゃんばっかりずるい。美夜だって小町ちゃんと仲良くなりたいのにっ」

どうしても、試すようなことを言ってしまう。なっちゃんの人生に介入してしまう。いつもそうだった。なっちゃんと仲のいい女の子、なっちゃんを好きっぽい女の子、なっちゃんが気にしていそうな女の子、片っ端から友達になって、牽制《けんせい》してきた。性格の悪さなら天下一品だってこと、自覚ならしている。

「わかった」

でも、だって、なっちゃんが悪いんだよ。そういう私を、ぜんぶぜんぶ許してくれるから。

「今度、安西さんに言っておくよ」

なっちゃんが悪いんだ。

他の子を好きになったって、言おうともしないんだもん。

出会いなんかはもう覚えてない。でも、記憶《きおく》がないほど幼いころから今まで、なっちゃんはずっと完璧に優しい男の子だった。

昔っから小生意気だった私は、男の子たちの恰好《かっこう》のいじめの対象で。いじめといってもたいていはブスだのデブだのからかわれていただけだったのだけど、私が言い返すから、だんだんヒートアップしていった。

正直、頭にはきていたけど、傷ついたりはしていなかった。おそらく周囲にもそれが伝わっていたから、誰も私をかばおうとか守ろうとかはしなかった。

そんな中、なっちゃんだけが、本気で私を守ってくれたのだった。

『そういうのやめろよ』

それがなっちゃんの口癖みたいになっていた時期すらあるね。

『美夜ちゃんはブスじゃない。世界一かわいいんだからなっ』

いまだにちゃんと再生できるよ。まだ声変わりしていない、幼いままのなっちゃんの声。あれは幼稚園のころだったかな?

なっちゃんと私はいつもいっしょだった。と言っても、私が勝手になついていただけだけど。

昔からなっちゃんって主張のない男の子で、私のわがままにどこまでも付き合ってくれるし、文句も言わずに振りまわされてくれるし、ひょっとすると私はどこかでなっちゃんをおもちゃみたいに思っていたのかもしれない。

おかげで、なっちゃんを手放したくないっていうこの気持ちが恋だって気づくまでに、ずいぶん時間がかかってしまった。同時に、なっちゃんの優しさの理由も同じだって信じて疑わなかった。きっと私たちは両思いなんだ、いつになったら好きって言ってくれるんだろうって。

それなのに、なっちゃんは私のことを妹みたいに思っていると笑った。事故に遭う一ヶ月前のことだった。

「なっちゃん、今日ちょっと遅かった」

「ごめん、文化祭の準備で忙しくて……」

毎晩、なっちゃんは私に会いに来る。

どんなに練習が忙しくても、体調を崩していても、自分のことを犠牲《ぎせい》にしてでも、絶対に来る。たぶん事故の直後、寂しいから会いに来てと私が言ったから。なっちゃんがこんなことを休むことなく律儀に続けているのは、責任以外にはなんの理由もないんだろうな。

解放してあげたいって、本当はどこかで思っている。こないだついにママにも言われた。いつまで夏生のこと縛《しば》るつもりなのって。

「なっちゃん、ぎゅってして」

かわいそうななっちゃん。

私を好きになればいいのに。そうすれば完璧なハッピーエンドが待っているのに。なっちゃんだって、私だって、これ以上苦しい思いをしなくて済むのに。

「……ごめん」

いつもなら優しくぽんぽんと抱きしめてくれる両腕は、今日は私を迎えにきてはくれなかった。だからといって私からなっちゃんに駆けよることはかなわないから、行き場を失った私の腕は空しくだらんと垂れ下がる。

ゴメンって、なにが?

「これからも毎晩、顔は見に来る。できる限りのこともしていく。でも……俺は、美夜とは結婚できない」

急に、なに……? 誰が今さらそんなこと口にしていいって言ったの?

「……理由は?」

たぶんもうわかりきっていることを私は聞いた。なっちゃんは少しうつむき、やがてその視線を上げると、ためらいながら口を開いた。見たこともないような悲しい顔だった。

「好きな子が、いる」

知っていた。その事実も、そろそろそう言われるんだろうなってことも。

でも、こんなにいっぱいの汚い気持ちが溢れだしてくることだけは予想外だった。どろどろ、どろどろ、止められない。

なっちゃんに好きな女の子ができたら、それを正直に言ってくれたら、もう解放してあげるつもりだったのにな。私はそんなにかっこいい、すてきな女の子にはなれないみたい。

「今日の放課後、たまたまその子とふたりきりになって……、こんな気持ちじゃとてもいっしょにいられないって思った」

いっしょにいられない——それは、私と？　それとも小町ちゃんと？

「なにがあったの？」

「なにって……」

「ふたりっきりで、なにがあったの？」

なっちゃんの漆黒の瞳が左右に泳ぐ。切れ長のきつい印象の目が、ほんとは優しく濡れながら世界を映すこと、知っていたのはずっと私だけのはずだった。

「抱きしめた」

さんざん迷ってからなっちゃんは言った。

なに、それ。もっとエグイことを言われる覚悟をしていたから拍子抜け。それでも、なんか、地球が逆回りしはじめたような気分。

「勝手なこと、許されないことを言ってるのはわかってる。でも、こんな宙ぶらりんな気持ちで美夜といっしょにはいられない。その子とどうこうなるとか、そういうことじゃないんだ。俺が、もう、ダメなんだ」

ダメって、なに？　なにが？　なっちゃん、私は、べつにダメじゃないよ。

「それでもいいっ」

冷静に、いたって普通に言ったつもりだったけど、切羽詰《せっぱつ》まったような声になってしまう。

「美夜は……なっちゃんが誰を好きだっていいよ？」

なっちゃんの広い肩からふっと力が抜けたのがわかった。昔は華奢《きゃしゃ》で小さかったなっちゃんが、いつの間にそんなに大きくなっちゃったんだろうね。いつから、私の知らない場所で、私の知らない恋をするようになっちゃったんだろう。

「なっちゃん、いやだよ……。美夜と結婚するって言ったじゃん」

声が震える。すがるように伸ばした腕を、なっちゃんの大きな手のひらがゆるゆると支えた。

「なっちゃんがいなくなったら、美夜、どうしたらいい？　どうやって生きていけばいいの？　美夜のこと好きじゃなくていいから、小町ちゃんのこと好きでいいから、だからなっちゃん、ずっと美夜の側にいて、お願い」

同じ目線まで下がってきた首に手を回す。襟足をぎゅっと掴む。なっちゃんは私を拒《こば》まなかった。でもそれはきっと、受けいれるのとはまったく意味が違う。

「美夜……わかってたのか、相手が安西さんだってこと」

なっちゃんはあきらめたように言った。なにも答えてあげない。

私以外の女の子のこと、そんな優しい声で、とても悲しい響きで、呼んだりしないで。

「美夜、小町ちゃんに言うから」

「なに……」

「なっちゃんと美夜が結婚するってこと、小町ちゃんに言うからっ」

性格が悪いのも風邪《かぜ》みたいに簡単に治ればいいのに。こんなだからなっちゃんに選ばれないんだ。私は、本当にいやな子だ。

「……なっちゃんは、美夜のために生きて。美夜のために走ってて。そういう約束だったでしょう？」

なっちゃんはなにも言わなかった。しかし首を横には振らなかった。そんなふうに優しいからいけないんだよ。もっといじわるしたくなる。そしてもっと、もっと、苦しくなる。

なっちゃんも、私も、きっともう引き返せないところまできてしまった。

安西小町という子は、私が持っていないものを両手いっぱいに抱えているような女の子だった。

顔の造形が特別いいってわけじゃない。スタイル抜群ってわけじゃない。人の目を引くような圧倒的なオーラがあるわけでもない——ほんとに普通の子。でも、どうしてなっちゃんがこの女の子に恋をしたのか、ちょっとしゃべっただけで簡単に納得させられてしまった。

優しい子。謙虚な子。素直な子。そういう感じ。私の悪意にも気づかないで、美夜ちゃん、ってかわいく呼んでくれるようなバカな女の子。きっとたくさんの愛情に包まれながら生きているのだろうと思った。ほんとに、心のきれいな子だった。そのぶん、話せば話すほど、自分の汚さを思い知らされていくみたいでいやだった。

小町ちゃんは私の持っていないすべてを持っている。きれいな心だけじゃない、たとえば自由に動かせる両脚、本城夏生からの恋愛感情。

悔しかった。憎たらしかった。だから、なっちゃんと結婚することを最悪なタイミングで告げた。小町ちゃんはわかりやすく狼狽《ろうばい》した。うすうすわかってはいたけど、ああそうか、両思いだよねって、改めて心がじわじわ痛んだ。

取らないでね——それはきっと負けるほうのセリフだ。でも、負けない。なっちゃんは誰にもあげない。だって私には、小町ちゃんにはない武器がある。この動かない両脚がある。

なっちゃんの学校の文化祭、けっきょく三年間行かせてもらえなかった。『俺がずっと側にいてやれるわけじゃないから危ない』って、なっちゃんは三回とも同じセリフを言った。うそが下手くそで腹が立つ。優しいうそなのがもっといや。迷惑だから来るなって言ってくれたほうがよっぽどましだったな。

中三の冬、私とは違う高校へ進学することをなっちゃんが決めたとき、自分はお荷物なんだってことを知った。きっとなっちゃんはそうは思ってないつもりなんだろう。でも、無意識のうちに私を重荷に思っていて、無意識のうちに逃げようとしている。それは、逃げるほうより、逃げられるほうが痛烈《つうれつ》にわかるものだ。

それでも私の側にいようとするなっちゃんは残酷《ざんこく》なほど優しいね。その優しさを手放せない私は情けないほど弱っちいね。

文化祭が終わったあたりから、なっちゃんの元気がなかった。「シンデレラ失敗しちゃったの？」と聞いたら、そうじゃないって。じゃあどうしたのと聞いても、なんでもないって。

「小町ちゃんとなんかあったんでしょ」

ジョークがジョークにならないからいやだよ。

「美夜が気にすることじゃない」

なっちゃんは絞りだすように言った。

「それは、なんかあったって言ってるのと同じだよ？」

「そうじゃない。ほんとになにも……」

「なっちゃん。言いたいことがあるならはっきり言ってくれないと、いや」

ただのいじわるだ。なっちゃんがそんなことできるわけがないってわかっているくせに。たとえ言いたいこと言われたとしても、泣いて怒ってぜんぶ跳ねっ返すつもりのくせに。

なっちゃんはゆったりとかぶりを振る。そして私のほうに視線を向けると、口元だけで微笑んだ。私の大嫌いな表情。

「安西さんは、もういいんだ。俺は美夜と結婚するよ」

あーあ、ほんとに下手くそ。下手くそなくせにうそをつくからいやなんだ。

昔はうそなんかひとつもつかない男の子だったのにね。ほんとに、なんでもかんでも素直に顔に出てしまう少年だった。うちのママの酸っぱいシチューを食べて、マズイって顔を隠せないなっちゃんが、大好きだった。

「じゃあ、今ここで、キスして」

私は言った。なっちゃんは、わかりやすくうろたえた。

「……美夜、それは」

「なっちゃん、美夜と結婚するんでしょ？　美夜、結婚式はチャペルで挙げたいもん。そしたら誓《ちか》いのチュウしなくちゃいけないんだよ？」

秋の夜風が窓から吹きこみ、ピンクの花柄のカーテンをゆらゆらと揺らした。風の波が寄せては引いていく。夜風を隠すやわらかい布が幾度も膨らんではしぼむ。

なっちゃんは長い脚を折り、私の前にひざまずいた。そして指をこっちに伸ばす。

少し硬い指先がそっと頰に触れた。視線が合う。なっちゃんは、覚悟を決めたって目をしていた。

お互い、なにも言わない。なっちゃんの薄い唇だけを見つめていると、やがて徐々にそれは近づいてきた。ためらいながら、迷って、それでも、もう少しで——。

「……やっ……」

どうして顔を背けたのかわからない。わからないけど、反射的に、いやだ、と思った。

「美夜」

いやだ。いやだ。いやだ。そんなうその声で名前を呼ばないで。うその眼差しを向けないで。うそのキスなんか、しないで。

私のことなんかちっとも好きじゃないくせに。

「なっちゃんなんか嫌い！」

混乱したまま、ヒステリックに叫んだ。

「帰って！」

「美夜」

「なっちゃんの顔なんか見たくないっ」

なっちゃんはそんな男の子じゃなかった。好きでもない女と簡単にキスをしてしまうような、そんなしょうもない男ではなかった。でもそうさせてしまったのは私だ。うその苦手ななっちゃんにうそをつかせているのは、他でもない私なのだ。

私の好きだった本城夏生を、私が殺してしまったの？

「美夜……ごめん、正直もう、どうしたらいいのかわからない」

そう言い残して、苦しそうに部屋を出ていくなっちゃん。大好きな人が消滅した部屋に残された私は、自分でも驚くような大声を出して泣いた。泣きわめいた。クッションをつかんで壁に投げつけた。枕も同じようにした。お気に入りのぬいぐるみたちも片っ端からそうした。

「美夜っ、落ち着きなさい！」

やがてやってきたママになだめられるころには、部屋はでたらめな絵のようにめちゃくちゃになっていた。

「美夜……もう、終わりにしよう？」

ママは全部をわかっているような口ぶりで言った。

「もう夏生のこと解放してあげよう？　このままじゃ美夜だって苦しいだけだよ」

そんなことはわかっている。誰に言われなくたってわかっている。私がなっちゃんの人生を食いつぶしてしまっていること、誰より私がいちばん怖いと思っているよ。

「毎晩うちから帰っていくときの夏生の顔、美夜は知らないでしょう。夏生はもう十分、美夜のために苦しんでくれたよ」

ママも泣いていた。ぼろぼろ、ぼろぼろ、落ちてしまう涙を、どうにも抑えきれないってふうに。透明な滴《しずく》が、少し皺の浮かぶ頬を伝って落ちていくのを、私は悲しい気持ちで見ていた。

やがてパパもやってきた。ただ涙を流しているママをなだめると、パパは私の隣に座った。優しく肩を抱かれる。パパのふっくらした指、なっちゃんとはぜんぜん違う。

「美夜が歩けなくなったとき、パパも、ママも、悲しかったよ。正直、夏生のこと一生許せないだろうと思ってた。今だって完全に気持ちの整理がついてるわけじゃない」

パパは前置きのように言った。

「あの日、夏生が泣きながら謝ってくれたの、美夜だって覚えてるだろう?」

こくり、うなずく。そして思いだす。

白い病室で目覚めたとき、なっちゃんは私の顔を見るなり壊れるように泣いた。

『ごめん、ごめん、美夜、俺のせいだ、ごめん』

なっちゃんは声になってない声でそう繰り返したのだった。私のためだけに向けられているなっちゃんの泣き顔は、胸が張りさけそうなほど切なくて、残酷なほど嬉しかった。

昨日まで動いていたはずの脚に感覚がないということに気づいたのは、その数分後だった。

「あれから七年がたつけど、夏生はずっとあの日のまま、美夜に向きあってくれているね。あんなに真摯《しんし》で優しい少年はいないよ」

パパは穏やかに言った。

「そろそろ夏生は夏生の人生を生きていかなければならない。そして美夜も、新しい人生を歩みはじめなければならない。美夜と夏生、ふたりのために」

笑わせる。歩むっていったって、もう、私の両脚は地面を踏みしめることさえできないんだよ？

「ママも、パパも、なっちゃんのことばっかり」

ううん、そうじゃない。きっと、このままじゃ私が不幸になるってこと、パパとママはわかって言ってくれているのだ。私のために、言ってくれているのだ。

「わかったふうな口きかないでよ。パパたちに美夜の気持ちはわかんない！　もうほっといてっ」

わかってるよ。このままじゃダメなんだってことくらい、私がいちばんよくわかっている。それでも、ぜんぶわかっていても、気持ちが追いつかないの。

私は、なっちゃんのことが、大好きなんだ。

なっちゃんは翌日からうちに来なくなった。七年間ずっと続いていた時間がぽっかり空いてしまって、私の心にも大きな穴が開いた。なにをするでもなく、ベッドに沈むだけの毎日。テレビを見る気にも、ラジオを聴く気にもならない。夜は恐ろしいほど静かだった。涙はもう出なかった。

もういっそ、死ぬまで会わないままでいい。そうしたら、私の中でなっちゃんという存在はどんどん小さくなって、いつかすっかり消えてなくなるかもしれない。なっちゃんの中に、私はいるのかな？ いたことがあるのかな？ なっちゃんにとって、私は、ずっとどういう存在なのかな？

「夏生が来たよ」

嫌味なほどよく晴れた日曜の朝、そんなことをママがいちいち部屋まで言いに来た。普段なら勝手に通しちゃうくせに。なっちゃんだって勝手に来るくせに。なっちゃんはもうすでに、ちょっと遠い存在になりつつあるのだと思った。

「おはよう」

部屋にやってきたなっちゃんは、長い腕をこっちに伸ばしてそう言った。なんの変《へん》哲《てつ》もない挨拶に拍子抜けする間もなく、ドーナツの袋が私の腕の中におさまっていた。

「美夜の好きなやつ」

「イチゴのデニッシュドーナツ？」

「チョコとシナモンもちゃんとあるだろ？」

袋を開けたとたん、甘いにおいが嗅覚《きゅうかく》を奪っていく。私の好みドンピシャのものを、ちょうどいい量で持ってくるあたり、なっちゃんはさすがだ。

「いろいろ、考えてた」

なっちゃんはいきなり本題に入った。クッションを渡しても座らないのは、長居するつもりはないってことだ。

「どうするべきなのか、どうしたいのか……自分でもわからなくて、さんざん、美夜を苦しめてきたと思う」

なっちゃん、いやだよ。それ以上はなんにも聞きたくない。

「でもこないだ美夜に泣かれたとき、わかったんだ。いや、わかってたことを改めて思い知った。美夜を幸せにできるのは俺じゃない」

なっちゃんはきっぱりと言った。窓から差しこむ朝日がまぶしくて、なっちゃんの表情がよく見えない。

「七年前のこと……美夜の脚のこと、なにをしたって許されないし、許されたいとも思わない。俺は一生、美夜の人生を背負っていくべきなんだろうと思う」

私は黙ってなっちゃんの声に耳を傾けていた。いつ声変わりしたんだっけ？　低くなるにつれて、なっちゃんの声、どんどん優しくなっていってるね。

「美夜、もう俺から解放されてほしい」

なっちゃんは哀願《あいがん》するように言った。耳を疑った。解放されてほしい……なっちゃんが、じゃなく、私が、なっちゃんから？

「自由に動く脚も、モデルになる夢も、美夜からぜんぶ奪った俺のこと、一生許さなくていい。でも、だからこそ、そんな俺を側に置こうとしたらダメだ。……幸せになってほしいんだ、美夜」

「違うっ」

違うんだよ。なっちゃんはきっと大きな勘違いをしている。私はなっちゃんが憎くてこうしているんじゃない。大好きだから、理由をつけて、無理にでも側に置いているのだ。どうしてわからないの？

「なっちゃん、違うの……」

わからないか。わかるわけがない。

だって私、なっちゃんに好きって言ったことなんて一度もなかった。

「美夜はずっとなっちゃんが好きだったんだよ？　なっちゃんのことが好きだから、いっしょにいたいんだよ……？」

たぶん世界一ダサイ告白。それでも、今それを言わない選択肢はなかった。それからほなっちゃんは初め、なにを言われているのかわからないって顔をした。

んとに驚いたってふうに目を丸くし、やがて困った顔をした。

それでも最後に見せたのは、悲しい、とても悲しい顔だった。

あ、振られた、と思う前に、なっちゃんは「……ごめん」と言った。

「俺は、どうしても、安西さんが好きだ」

「美夜を、傷つけても？」

「美夜を傷つけても、美夜が泣いても……俺は、安西さんのことが好きなんだ」

きっともう、泣いても、怒っても、ダメなんだろう。なっちゃんが私の手を取ることはないんだろう。わかるよ。なっちゃんはうそのつけない男の子だから。

「なっちゃん、覚えてる？　あの日の約束」

「……覚えてるよ」

結婚して。それともうひとつ、私がなっちゃんにお願いしたことがあった。

――走って。

なっちゃんはいつでも、誰よりも速く、走り続けていて。脚が動かなくなった美夜に、なっちゃんの両脚で、地面を踏みしめられる喜びをちょうだい。

「美夜ね、なっちゃんの走る姿が好きだった」

「うん」

「なっちゃんの走ってるところ、見られなくなるのだけはいやだった。だから、美夜の脚が動かなくなったのは、なっちゃんのせいじゃない」

信号無視したのはトラックで。勝手に飛び出したのは私で。あの日、あの瞬間、なっちゃんが悪いとこなんかひとつもなかった。それでも、優しいなっちゃんは、自分のせいでって思っちゃうんだね。

「なっちゃんのせいじゃないよ。なっちゃんが責任を感じる必要なんてない。ずっと、言いたかったんだ。でもなっちゃんを手放すのがいやでどうしても言えなかった。美夜はいじわるだね。今までいっぱい苦しめて、ごめんね」

顔を上げてぎょっとした。大きな右手で覆いかくされているなっちゃんの目から、たくさんの粒が頬を伝って落ちてきていた。でも、うそじゃない涙だって思った。

「俺も……俺も美夜がモデルになるの、ずっと楽しみにしてたんだ」

つられて私も泣いた。決して悲しい涙じゃない。それでも、幸せな涙じゃない。きっとこれは、私たちふたりにしかわからないしょっぱさだ。

「もっと早く言えばよかった。好きって、なっちゃんに言えばよかったっ……」

そうしたらなにか変わっていたのかもしれない。今とは違う未来があったのかもしれない。

「美夜の気持ち、ずっと気づけなくてごめんな。でも、ありがとう。好きになってくれてありがとう」

なっちゃんはなだめるように言った。そのひと言を聞いて、私がなにを言っても、なにをしても、なっちゃんが私を好きになることはなかったんだろうと思った。

体からふっと力が抜けていく。

きっとなっちゃんは小町ちゃんに恋をする運命だったのだ。生まれる前から、私たちにはそういう未来が用意されていたのだ。そんな陳腐《ちんぷ》なことさえ思う。

涙を拭いた。クリアになった視界の中で、なっちゃんは私を見つめていた。なっちゃんももう、泣いてない。

「なっちゃんは、誰にもあげない」

祈りのように私は言った。

「これからなっちゃんが他の誰のものになっても、これまで美夜のために走り続けてくれたなっちゃんだけは、ぜったい誰にもあげないっ」

インターハイの日、たぶんなっちゃんは、初めて私のために走らなかった。小町ちゃんのために走ったのかもしれない。でもきっと、なっちゃんは自分のために走ったんだと思う。それは、私が心のどこかでずっと望んでいたことだった。

あんなに美しく走っているなっちゃん、久しぶりに見たよ。

「なっちゃんが引退したとき、小町ちゃん、泣いてたね」

遠くから見ていた。あ、かなわないって、ほんとはそのときに思っていたんだ。

「いい子だよね、ほんとに」

ひとつうなずいただけなのに、なっちゃんは信じられないほど柔らかな表情を見せた。でも私に遠慮しているせいか、中途半端な、どこか酸っぱい顔になってしまっていた。こういう自然体な顔、もう懐かしいとすら思う。

「小町ちゃんと付き合うの？」

「わかんない。たぶんもう、嫌われてると思うし……」

力なく笑ったなっちゃんを見て、私の好きな人は他の子に恋をしているんだってこと、いやでも実感させられる。

そうか、なっちゃんも、恋をしているのだ。きっと小町ちゃんも同じように。私と、同じように。悩んで、苦しんで、ときに泣きながら、どうしようもない痛みと闘っているのかもしれない。

どろどろとした気持ちが浄化されていくように感じた。

「大丈夫だよ。小町ちゃんは誰かを簡単に嫌いになるような子じゃないもん」

いいなあ。両思いって、奇跡みたいなことだ。

「美夜の王子様も早く現れないかなっ」

冗談のつもりで言った。それでもなっちゃんは、いたって真面目な顔でうなずいた。

「すぐに現れるよ。美夜のこと好きなヤツ、昔からいっぱいいたじゃん」

にね。

無責任だ。ひどいよ。なっちゃんだけは私のことを好きになってくれなかったくせ

ああ、やっぱり、一度でいいから好きって言ってほしかった。優しい顔で、うそじゃない声で、笑って、好きって言ってほしかった。

でも、もう、いいの。

いつか、なっちゃんへの気持ちがすっかり消えたとしても、なっちゃんにもらった優しさだけは消えないままなんだろうと思う。それだけは私の心の中にずっと残り続けていく。かけがえのないものとして。宝物のように。

「なっちゃん、ありがとう」

ごめんねはもう言わないでおこう。謝れば謝るほど、なっちゃんの未来が、私の未来が、翳《かげ》っていくような気がするから。

「今まで、いっぱい、ほんとにありがとう」

なっちゃんは微笑んだ。とびきり優しく。私も笑った。

いつか私も、自分のためでなく、相手のために涙を流せるような、やさしい恋をできるかな。そういう相手にめぐりあえるかな。

なっちゃんと小町ちゃんが、出会って、恋に落ちたように。

ふかふかぬいぐるみ

笑ったときに見える
さんかくの八重歯が
好き。

後夜祭から一週間たったころ、えっちゃんには思いきってぜんぶを話した。自分の気持ちに整理をつけるためだった。

本城くんには結婚の約束をした子がいるということ、その相手は美夜ちゃんなのだということ。そして、その約束の裏側には悲しい事実が潜んでいるということ。でも、ちゃんと、ふたりは両思いかもしれないということ。話しおえると、えっちゃんは信じられないほど憤慨《ふんがい》した。そんなヤツはスパッと忘れて他の男にしろ、とまで言われた。

「あんこの時間がもったいないっ」

えっちゃんの言うことはもっともだと思う。わたしの片思いが成就《じょうじゅ》する可能性はとうとうゼロになってしまった。いや、最初から可能性なんてなかったのだ。わたしが本城くんに恋をするより先に、本城くんには、心に決めた女の子がいたのだから。

それでもどうにも胸が痛い。同じ教室にいる本城くんが視界の端っこに入りこむたび、遠くで話している穏やかな声が耳に届くたび。この胸の痛みは、わたしがまだ本城くんに恋をしているという揺るぎない証拠だ。

そんなに簡単に忘れられるわけがないよ。こんなに大きく成長してしまった気持ち、すぐに消えてなくなってしまうわけない。

挨拶を交わさなくなっても。優しい微笑みを向けてもらうことなどなくなっても。視線すら合わなくなっても。本当に振られてしまったのだといくら実感させられても、そうだ、わたしはどうにも本城くんを好きなのだ。

わたし、もしかして、このまま一生かなわない片思いをし続けるのかな？

「大学生になればもっといい男がゴロゴロいるって」

えっちゃんがあっけらかんと言った。なかなかの大きな声だったので焦る。教室には本城くんもいるのに！

「大学のことなんて考えたくない……」

机に突っぷしてうなだれたわたしの頭上に、独特の澄んだ笑い声が降ってきた。

「そんなこと言ってても受験はなくならないよ」

えっちゃんはいいよ。頭いいもん。それなりの勉強で、それなりの大学が目指せるんだもんね。わたしはてんでダメ。いくらやってもぜんぜんダメ。そろそろビリケツが見えてくるんじゃないかってくらいの脳みそで、いやになるよ。

べつに勉強をサボってきたわけじゃないんだけどな。センスの問題？

「ちーくんもああ見えてなかなか勉強できるしさ」

ブーブー口を尖らせる。こういう表現は適切じゃないかもしれないけど、ずるい、元からできる人はずるい。

「霧島は意外と要領よくやるね？　単なるバカにしか見えないのに」

「だーれがバカだって？」

さも当然のことのように三組に現れたちーくんが、わたしとえっちゃんの間に座った。ちーくんは近ごろよくうちの教室に現れる。朝のHRまでの時間とか、ちょっとした休み時間とか。『あいつ、友達いないんだよ』と、えっちゃんはからかうように言っていたけど、仮にえっちゃんに会いに来ているのだとしたらそれってすごくいいなって思うよ。

「うわ、噂《うわさ》をすればバカが来た」

えっちゃんが容赦ないことを言う。ちーくんは、もうこんなのには慣れたって感じにフンと鼻を鳴らして笑った。すると、えっちゃんも同じように笑った。面白いくらい同じ顔で、本当に気が合うんだなあと、感心してしまう。

「そういやバカはどこの大学行くつもりなの？」

さすがにちーくんが苦笑した。

「R大だけど」

「えっ⁉　あたしといっしょじゃん」

「ああ？　マジかよ？」

マジ？　思わず、ちーくんと同じセリフを心の中でつぶやいた。

「ちょっと、やめてよ。いくらあたしのこと大好きだからって、そういうの困る」

「自意識過剰も行きすぎると清々《すがすが》しいぜ」

どうやらふたりは同じ大学を目指しているらしい。そしてそれはとうていわたしには手の届かないレベルのお話らしい。

寂しいな、と思ってしまった。疎外感《そがいかん》……とはまたちょっと違うけど、自分の頭の悪さを呪《のろ》うくらいには、お門違《かどちが》いな孤独を感じてしまった。そうだよね。わかっていたことだけど、春からはこんなふうに毎日ふたりといっしょにはいられなくなるのだ。

本城くんのことも見ていることさえできなくなるのだ。

とつぜん、胸がぎゅうっと苦しくなる。本城くんはどこの大学に行くのかな？　受験はするのかな？　それとも陸上の推薦《すいせん》が来たりしているのかな？　振られているくせにこんなことを考えてしまうなんて、わたしってぜったいバカだ。

「そういや陸部のヤツらに聞いたけど、本城はＫ大が決まったらしいな。スポーツ推薦だってよ」

わたしの心の中を覗いたような、ちーくんの言葉にびくっとした。えっちゃんが怖い顔をすると、ちーくんは、べつにいいだろ、と言った。

Ｋ大は、東京の大学だ。わざわざ調べる必要もないほど有名な大学。本城くんは、わざわざこの街を離れてまで、好きな陸上を続けるのだ。すごいことだ。地元の大学を狙っているわたしとはやっぱり住む世界が違う人だよ。

「みんな、すごいなあ」

思わず口からこぼれ落ちていた。

「わたしも頑張らないと……」

「あんこは頑張ってるよ」

えっちゃんがきっぱりと言う。ちーくんが力強くうなずいた。二人は勉強のことだけを言ってくれているんじゃないとわかったから、頑張ろうって、もっと思えた。ありがとう。

「ねえ、そんなことより来週あんこ誕生日でしょう？　どこ行きたい？　ケーキバイキングとかどう？」

えっちゃんが楽しそうに言ったのを、隣でぽかんと聞いてしまった。

誕生日……もうそんな時期？　ということは、卒業までほんとにあと数えるほどしかないのか。

ふと、卒業してしまえば、遠く離れる本城くんと会うこともなくなるのかな、と思った。そのまま一生会わないのかな。会わないんだろうな。

そう思うと、どうにも寂しいような、どこかほっとしてしまうような気持ちになった。

繁華街の真ん中に新しくできたケーキバイキングは評判どおりとても美味しかった。いちばん張りきっていたのはちーくんだった。えっちゃんはあきれていた。霧島は誘ってない、と、笑いながらまたいじわるを言っていた。

すらりとした細身のくせにけっこう食べるえっちゃんと、男の子らしい食欲に加え、甘党寄りのちーくん。ふたりのペースに合わせていたら大変なことになってしまった。帰宅するなり「苦しい」とソファに倒れこんだわたしに、お母さんがちょっと不満げな顔をしたけれど、夕食のごちそうはなんとか食べることができた。

それでも毎年恒例のジャンボホールケーキはさすがに食べられず、翌朝まで持ち越してもらうことになった。お母さんよりお父さんのほうが悲しそうだった。「小町ももうそんな歳か」と、ひとり言みたいにぼやいていた。

プレゼントももらってしまったのだ！　お父さんとお母さんから、ずっとほしいと言っていたショートブーツを。おじいちゃん、おばあちゃんたちからは『これで好きなもの買ってね』とお金が届いていた。えっちゃんとちーくんからは、かわいいアロマキャンドルをもらった。ふたりはいっしょに買い物に行ったらしい。これもいつもの冗談みたいな言い合いをしながら選んでくれたのかな、と思うと、もったいなくて使うのが惜しくなってしまう。

幸せだな。毎年十一月三十日だけは、わたしが世界中の幸せをひとり占めしているんじゃないかって感じる。ちょっとお腹が苦しいけど、それすら、やっぱりすごく嬉しく思う。

失恋がなんだっていうの。いいじゃない。こんなにもたくさんの人から愛情をもらっているんだもの。

そうだよ。いいんだ。本城くんからメッセージが来なくたって。本城くんのスマホのカレンダーから、わたしの誕生日の登録が消えているかもしれなくたって。そんなのぜんぜん、へこむ理由になんかならない。

「小町、お客さんが来てるよ？　ホンジョウ、ナツキくんっていう男の子」

ノックもなしに部屋のドアが開いた。それと同時にお母さんが発した言葉に、ひっくり返って気を失いそうになった。

今、なんて？

「早く出てあげなさいね。外すっごく寒いんだから！」

お母さんはそれだけ言うと、なんともいえない妙な笑みを浮かべて、そのまま部屋を去っていった。

名前、なんて？　ホンジョウナツキ？　それってもしかして、わたしの知っている本城夏生くんかな？

そんなバカなことがあるわけない。スマホを確認してみても、とくに連絡が来ているわけでもなかった。あの律儀な本城くんが連絡もなしにいきなり家にやって来るとは思えない。でも……。

「はい……？」

それでも、帰ってもらうという選択肢はなかった。玄関を開けた先に、彼は本当にいた。キンと冷えた空気の中、濃紺《のうこん》のダッフルコートに身を包んでいた本城くんは、わたしの顔を確認するなり白い息を吐いた。

「安西さん。ごめん、こんな時間に急に来たりして」

ああ、本城くんだ。本当に、本城くんだ！

「誕生日だろ、今日」

びっくりした。一周回って少し不安になった。なんのサプライズなんだろう。もしかしたら誰かが仕掛けているドッキリかもしれない。そんな失礼なことさえ思った。だって、わたし、本城くんに振られているんだよ？

「俺が言うのもなんだけど……おめでとう、十八歳」

本城くんはどこかぎこちなく言った。言葉を忘れた。好きな人から言われるおめでとうの響きがこんなにも特別だってこと、十八になるまで知らなかった。

本城くんはずるい男の子だよ。悔しいよ。振られてもやっぱり、どうにも好きだと思わされてしまう。

わたしも同じようにぎこちなく、ありがとうと答えた。とても小さな声になってしまった。

本城くんは大きく息を吐き、それから遠慮がちに笑った。

「……ごめん、今すごいほっとしてる、俺」

こんな顔は初めて見る。

「出てきてくれないと思ってた。安西さんはもう俺の顔なんか見たくないだろうなって」

「そんなこと……」

「だって俺、ひどいことしたんだよ」

そんなことない。好きでもない女の子に告白されて断るのは、当然のことだよ。

しかし本城くんは今日も謝った。そのゴメンはなんとなく、放課後や後夜祭のときとは違ったふうに聞こえた。

「あのさ、ちょっと話したいんだけど、いいかな」

とても落ち着いた、静かな声だった。久しぶりに聞く本城くんのこんな声になんだか妙に緊張して、首を縦に振ることしかできない。

近くの公園に行くことになったので、慌ててコートを羽織って、その上からマフラーを巻いた。適当に選んだせいで白いコートに白いマフラーになってしまった。雪だるまみたいでちょっと恥ずかしい。

ベンチに腰かけると、わたしたちは同時に、同じ白い息を吐いた。「寒いね」と当たり障りのないことを言う。気のきいた言葉なんかは思いつかないくらい、緊張していた。

どきどきしている。告白前のどきどきとは違う。もっと深い、不安感と隣り合わせにあるどきどきだった。

本城くんは、どうして、わたしに会いに来たんだろう?

「正直、なにから話せばいいのかわからない」

数秒空いて、本城くんはいきなり切りだした。

「だから、結論から言ってもいいかな」

時が止まった。ような、気がした。

「安西さんのことが好きだ」

本城くんの優しい低音がふわりと浮かび、冬の空へ溶けてゆく。それをわたしはぼうっと眺めていた。とても現実の出来事だとは思えなかった。

なにを言われているのかわからない。それなのに涙が出た。なんの涙かはわからないまま、わたしは泣いた。しょっぱい。甘い。あたたかい。冷たい。うれしい。こわい。わからない、こわい、うれしい、こわい……。

本城くんは、「ごめん」と言った。

「勝手なこと言ってごめん。この二ヶ月、本当に悩んで、それでもどうしても伝えたくて」

ふるふると首を振った。白いマフラーに、ぽとんぽとんと涙が落ちる。

「安西さん、泣かないで」

顔を上げる。澄みきった星空の中で、本城くんは切ない顔をしていた。緊張した顔。傷ついた顔。ああ、うそじゃないんだって思った。好きだって、本城くんは、きっと冗談で言ったわけじゃない。星がきらめいている。

「わたしは、なんて言えばいいのかな……？」

地に足が着かないまま、こんなに美しい夜にぽっかり浮かんだまま、わたしは言った。

「嬉しい。夢みたいだって思う。でも……とても、ありがとうって言えないよ」

無邪気にその腕をぎゅっと掴みたい。でも、できない。

わたしは、本城くんと美夜ちゃんの約束を、知っているのだ。美夜ちゃんの悲しみを、本城くんの覚悟を、知ってしまったのだ。

それに、ふたりは両思いでしょう？

本城くんの好きな子は、美夜ちゃんでしょう？

「ごめんなさい……」

震える声で言った。はり裂けそうに胸が痛い。後夜祭のとき、ふたりきりの教室で、本城くんもこんな気持ちだったのかもしれない。

本城くんは静かにうなずいた。まるでわたしの返事を初めからわかっているみたいな表情だった。

「いいんだ。勝手なことばっかりな俺が今さら安西さんに好かれようなんて、ムシのいいことは考えてなかった。困らせてごめん。それでも、聞いてくれてありがとう」

頭が取れちゃうんじゃないかってくらい首を振った。そして泣いた。泣きじゃくった。

言葉にはならない苦さが心にぼこぼこと溢れだす。本城くんは隣に座ったまま、ずっと押しだまっていた。わたしが泣きやむまでこうしてくれているつもりなのかもしれない。本城くんは、優しい男の子だから。

「……安西さん。最後にひとつだけ、聞かせて」

ずっと黙っていた本城くんがふいに言った。考えながらしゃべっているふうだった。

「もし、もし美夜のことを気にしてるなら、そうだって言ってほしい」

「あ……」

「俺を好きとか、嫌いとか、そういうこと以前に……もしかして」

図星だった。そして本城くんは、わたしに嫌われているんだという優しすぎる勘違いをしているみたいだった。

「違うの、わたし」

「うん」

真剣な眼差し。逃げられない、と思った。

この人に、好きだって言いたい。本当は大好きな本城くんのこと、嫌ってるだなんてことだけは、ぜったいに思われたくない。

「美夜ちゃん、きっと、ほんとにほんとに本城くんのことが好きなの。美夜ちゃんには本城くんが必要なんだと思う。わたし、あんなにかわいい女の子に、悲しい顔をしてほしくない……」

とても言えなかった。素直な気持ちの代わりに口からこぼれ落ちた言葉たちを、自分でもうんざりしながら聞いていた。いやだな。こんな言い訳みたいなこと。

「俺は、誰に悲しい思いをさせたって、もういいと思ってるんだ。それくらい、好きなんだ、安西さんのことが」

本城くんは言った。真っすぐ、わたしから視線を外さないままで。

「たとえ美夜を泣かせても、俺は、安西さんだけは泣かせたくないよ」

じんわり、熱を持つ。本城くんの言葉が。わたしの心が。ふたりの間にあった空間が。

思わず手を伸ばした。濃紺のダッフルコート、その袖口を掴んだ瞬間、気持ちがぐわっと込みあげてくるのがわかった。心の蓋《ふた》が外れる。本城くんを好きって気持ちが暴れだす。もう、どうにだってできない。

「美夜とは、ちゃんと話したんだ。安西さんを好きだってことも伝えた。美夜も、納得してくれた」

うなずいた。何度も何度も。相変わらず涙だけは止まらなくて、このまま枯《か》れちゃうんじゃないかって思った。

「ずっと、美夜の人生をまるごと背負うのが、いちばん正しいことなんだって思ってた。美夜の気持ちも、自分の気持ちも、そこにはぜんぜん関係ないって思ってた。もしかしたら見ないようにしてたのかもしれない」

本城くんは一つひとつをていねいに言った。

「だから、気づけなかった。安西さんを好きな俺が美夜の側にいたって、なんの意味もないってこと。ただ苦しめてしまうだけなんだってこと」

初めて聞く、本城くんの本当の気持ち。柔らかい低音で届けられるうそのない言葉が、じんわりと心に染みわたる。

「美夜には誰より幸せになってほしいって思う。いろいろあった分……、それ抜きにしても、幼なじみとして純粋にそう思うよ」

美夜ちゃんはきっと本城くんにとって、とても大切な女の子なんだろうと思った。不思議と、嫉妬や焦りは生まれなかった。本城くんの心の大切な部分を、わたしも大切にしたい――きれいごとじゃなく、心から思った。

「でも、安西さんのことは、俺が幸せにしたい」

はっとする。少し高い場所にある本城くんの顔を見上げた。濡れた世界の中で目が合った。本城くんが息を吐き、つられてわたしも息を吐いた。白い息はやがて透明になり、黒い夜空へと消えていった。本城くんの少しカサついた親指が、ためらったあとで、わたしの涙を拭った。

「……ネコ、好きだっけ？」

「え？」

ネコ？

本城くんはちょっと笑った。

「俺の誕生日さ、安西さんすごい美味いマフィンくれたろ？　だから、俺もなにかあげたいって思ったんだけど……そういえば好みとか知らないし、なにがいいのかぜんぜん見当もつかなくて。でも、そういえばネコ好きだっけって思って」

言いながら、本城くんは持っていた紙袋をがさがさと漁《あさ》った。やがて夜空の下に姿を現したのは、くたっとしたネコのぬいぐるみだった。三毛猫だ。茶色のブチがかわいい。

「プレゼント」

たった五文字を低い声がとってもかわいく言った。その広い肩の向こう側に、ため息が出るほど美しい満天の星が広がっていて、一瞬見とれた。

「嬉しい」

おそるおそる手を伸ばす。ふかふかだ。ふかふかだあ。思わずぎゅっと抱きしめた。新しいにおい。胸がきゅんとする。

「本城くん……ありがとう」

いろんな気持ちを込めて言った。本城くんは微笑んでうなずいた。黒い瞳の真ん中に映しだされるわたしは、どんな鏡の中より、きれいに見えた。

「本城くん、K大に受かったんだよね、すごい、おめでとう」

「うん、ありがとう。単に部活の推薦なんだけど」

「ううん、すごいよ。本城くん、陸上続けるんだね」

うなずいた本城くんを見て嬉しくなる。本城くんの走っている姿、一生見ていたいなんて無茶なことを思うくらい、大好きなんだ。

「ちーくんとえっちゃんもね、すっごい頭いいところ目指して頑張ってて」

「そうなんだ？　荻野さんはともかく、霧島って意外と要領よくやるタイプなんだな、いい意味で」

えっちゃんと同じことを言うので思わず笑ってしまった。さすがに本城くんはバカとは言わなかったけど。

「あの、だから……わたしも、頑張らないといけなくて」

「うん」

「あ、わたしね、N大が第一志望なんだけど、まだD判定で」

「うん」

「だから……」

いっきに情けない気持ちになった。自分からバカってことをバラしてどうするの？

でも、今、どうしても言わなくちゃいけないような気がしていた。

「ちゃんと最後まで頑張りきれたら、そのときまた、本城くんに気持ちを伝えてもいいかなあ……？」

ネコを抱きしめたまま言った。

「待ってる」

本城くんは優しく答えてくれた。

「大切なことだから、焦らないで、いろんなことゆっくり考えてほしい。俺、それまでずっと待ってるから」

本当は、今すぐにでもその腕を掴んで、引きよせて、わたしも好きですって言ってしまいたい。模試の判定がどうとか、センター試験がどうとか、そういうので悩んでいるわけじゃない。ただ、自分に自信がほしいのだ。

「ありがとう。わたし、頑張るよ」

今よりもっとましになりたい。本城くんに釣りあうようなすてきな女の子になりたい。目標なんてきっとなんでもいいのだ。たまたま今、〝受験〟が目の前に横たわっているだけ。

「うん。頑張って」

胸を張って頑張ったって思えるもの、自分だけの自信を、わたしも手に入れられるかな。そうしたら、今度こそ、本城くんに笑って好きって言えるかな。


「バカがふたり……」

ココアをぐるぐるかき回しながら、えっちゃんが言った。からんからんと激しく氷がぶつかりあう。えっちゃんは冬でもぜったいにホットを飲まない人だ。

「ふたりって？」

「いや、こっちの話」

ストローがつくる渦がどんどんどんどん大きくなっている。それでもいっこうに手元を見ようとしないことに肝《きも》を冷やしていると、その強い瞳にじーっと顔を覗かれた。

えっちゃんの目ヂカラに勝てる人ってきっといない。

「ねえ、あんこ？　言っておくけど、本城と付き合おうが付き合うまいが、受かるもんは受かるし、落ちるもんは落ちるんだよ」

「うん……わかってる」

そうなんだけど、問題はそこじゃない……ってこと、自信のかたまりみたいなえっちゃんには伝わらないのかもしれない。

誕生日の夜に本城くんが来てくれたことを話すと、えっちゃんはあからさまにいやな顔をした。「振っといて、今さらなにしに？」って。ちょっと怒ってるふうだったので、迷ったけど、好きって言ってもらったことを伝えた。それを保留にしていることも。そしたら、バカだって、最初のひと言。

「もしかして、〝ミヨ〟のこと気にしてるの？」

えっちゃんが声を潜める。そこに頼んでいたパンケーキがやってきた。イチゴとチョコレートのプレートがわたしの前に、ハムとレタスのプレートがえっちゃんの前に置かれる。いつかわたしも甘くないパンケーキを頼めるような女子になりたいと、なんとなく思った。

「美夜ちゃんのことは、気にならないって言ったらうそになるけど」

「けど？」

パンケーキをフォークに刺したまま、えっちゃんが言った。

「うん……でも、本城くんのこと信じられるよ」

本城くんの、美夜ちゃんを心から大切に思っている気持ちを知った。そのうえで、わたしに抱いてくれている気持ちを知った。あのときの感覚をなんて言ったらいいかわからないけど、すごく、すとんと、心に落ちてきたのだ。

優しすぎる本城くんが出してくれた答え、きっとものすごく悩んで伝えてくれた言葉を、わたしは、信じたい。

「ふうん……」

えっちゃんが唇を突きだしながらうなずいた。

「まあ、いいんじゃない」

「いいって？」

「あんこと本城のペースでやってけばいいんじゃない。外野がアレコレ口出すなんてナンセンスだった。『バカ』は撤回《てっかい》」

えっちゃんは大人だ。かっこいい女子代表みたいなえっちゃんが友達なこと、わたしは誇りに思っている。

「だけどひとつだけ約束して。ぜったいに幸せな恋をするって」

鼻のいちばん奥がつんとした。わたしもえっちゃんに対して、まったく同じことを思ってるよ。自分のことはあまり話さないえっちゃんに、いつも人のことばかりのえっちゃんに、もうたくさんだってくらいの幸せな恋をしてほしい。

ちーくんの顔がぽんっと浮かんだ。どうかなあ。でも、こういうこと言うと、えっちゃんって怒りそうだなあ。「霧島はぜったい無理！」なんて言われてしまったらわたしの心が折れてしまいそう。

「あれ？　小町ちゃん？」

聞きおぼえのある甘ったるい声に呼ばれたのは、心をじんじんと震わせたままイチゴを口に突っこもうとしていた、まさにその瞬間だった。

駅前のカフェ、そういえばここに、美夜ちゃんといっしょに来たことがあった。この場所で、わたしは、本城くんと美夜ちゃんのことを聞いたのだった。

そのお人形さんのような顔をぼけっと眺めていた。美夜ちゃんのかわいらしい手のひらが目の前でひらひら舞っていた。

「久しぶり、小町ちゃんっ」

美夜ちゃん、笑っている。それを目の当たりにして怖気づいてしまう自分がいる。思わず曖昧《あいまい》に笑って返事をしてしまったわたしに、美夜ちゃんは少し怒った顔をした。

「あ、小町ちゃん、今、気まずいって思ってるでしょ？」

気まずい——とは、ちょっと違う。違うけど、今の気持ちを表現できるようないい言葉が見つからない。わたしがまごついている間に、美夜ちゃんはいっしょに来ていた友達に断りを入れて、こっちのテーブルへ移動してきた。えっちゃんはじっと美夜ちゃんを見ていたけど、黙ったままでなにも言わなかった。

「なっちゃんと付き合ってるの？」

アラビアータを頬張りながら美夜ちゃんが聞いた。尋問《じんもん》を受けているみたいな感覚。わたしは小刻みにふるふると首を横に振った。美夜ちゃんがエッと声を上げる。

「ねえ、告白はされたよね？　なっちゃん、小町ちゃんに好きってちゃんと言ったんだよね？」

今度は縦に首を動かす。美夜ちゃんのアーモンド形の目が静かにわたしを見据えているのを感じていた。裁《さば》きを受けているようだった。

「……断ったの？」

ほんとに怖い声だった。

「違う」

「じゃあ、なんなの？」

「保留に……してもらってて」

理由を話した。今思っていること、上手く伝わるかはわからなかったけど、自分の言葉でしゃべった。聞くなり、美夜ちゃんは、

「しょーもな！」

と言い放った。すでにアラビアータはすっかり姿を消していた。

「小町ちゃんってうっざい」

「え……」

「なっちゃんに選んでもらったくせにウジウジしてうっざい！」

唇をソースで赤く染めたまま、美夜ちゃんは言った。うざい……、うざいって、人

生で初めて言われたかもしれない。

ショックだった。信じていた本城くんの言葉、すべて粉々になって崩れおちてしまいそうなくらいに強烈《きょうれつ》だった。顔面にものすごいパンチを食らったみたい。

「でも、そういうとこ、なっちゃんは好きなんだろうね」

クラクラしているわたしをよそに、美夜ちゃんは口を開けて軽快に笑った。ぜんぜん、頭が追いつかない。

「いっぱい幸せになってね」

「み、美夜ちゃ……」

「なっちゃんのこと、いっぱい幸せにしてあげてね」

口元を拭き、今度はオレンジとチョコレートのパンケーキに手を伸ばした美夜ちゃんが、首を傾げて困ったように笑った。あ、本城くんとよく似てる、と思った。また、ふたりの歴史を見たような気がした。

「邪魔するような真似してごめんね。小町ちゃん、なっちゃんと美夜のこと助けてくれてありがとう」

泣きそうだ。泣きそうだよ。食べかけていたイチゴを口に運ぶことなんかはもうすっかり忘れていた。チョコレートがどろどろに溶けだしてきている。

美夜ちゃんも、きっとたくさん悩んだのだ。苦しんで、泣いたのかもしれない。わたしのことむかつくって思ったかもしれない。それでもそんなふうに笑ってくれる。そんな言葉をかけてくれる。本城くんが美夜ちゃんを大切に思う気持ちを、きっと今、本当の意味で共有できている。

「難しいかもしれないけど、美夜のこと〝しこり〟みたいに思わないでね。ふたりの目の上のタンコブにはなりたくないし――」

冗談みたいに言いながら、それでも眼差しは真剣なまま、美夜ちゃんはわたしを見つめた。

「美夜も、小町ちゃんとなっちゃんの気持ち、大切にしたいって思ってるの。両思いって奇跡だって思うから」

そう。そうだと、思う。ほんとに思う。奇跡だ。大好きな本城くんから同じ気持ちをもらえていること、たぶん、宇宙誕生以来の奇跡だよ。ビッグバン。

胸の真ん中でなにかが弾けた。きっと、いちばん最後の小さなしこりが消えてなくなったのだった。

「ありがとう、美夜ちゃん」

心を込めて言った。そしたら「うざい」って。もう、ぜんぜんわからない。笑ってしまった。美夜ちゃんってかわいいだけじゃない、強くて、すっごく面白い女の子だ。

美夜ちゃんとえっちゃんが思いのほか仲良くなってしまったのにはほんとにびっく

りした。美人同士、勝気なもの同士、なにか通じるところがあったのかもしれない。

「英梨子って同性から嫌われるタイプでしょ?」「まあ、美夜に比べたらましだろうけどね」なんて会話が始まったときにはさすがに気が気じゃなかったけど。次元の違うじゃれあいにはとうてい参加できないわたしは、ふたりの間でおとなしくオレンジジュースを吸いこむだけだ。

「英梨子って好きな人いるの?」

わたしがなかなか聞けないようなことを、美夜ちゃんはいとも簡単に口にした。

「いるよ」

えっちゃんも簡単に答える。わたしの聞いたことのない話……。

「自分でもしょうもない片思いだってそろそろうんざりしてる」

眉を下げて笑うえっちゃんを見て、えっちゃんはこういう話をしなかったんじゃない、できなかったんだ、と思った。わたしが頼りないから。ウジウジして、うざいやつだったから、えっちゃんは自分のことを話せないでいたのかもしれない。

「片思いなんかやめたほうがいいってぇ!」

美夜ちゃんが大笑いしながら言った。

「えー、勝つまでやめないよ、あたしは」

えっちゃんがニヤリと笑って言った。

「ねえ、あんこ?」

「えっ?」

「あんこは勝ったんだもんね?」

返事に困るようなことを聞くのはやめてよ！　これぱっかりは美夜ちゃんも苦笑を隠せないでいた。「どういう意味?」という美夜ちゃんの問いに、えっちゃんはからからと笑った。美夜ちゃんもあきれたようにフンと笑った。わたしも、笑った。力ない笑顔だったかもしれない。それでも、楽しかった。

「ねえ、また今度、三人でいっしょにパンケーキ食べようよ」

帰り際にそう言うと、「冗談でしょ」とふたりに一蹴《いっしゅう》された。でも、次がないようにはとうてい思えなかった。

「えっちゃんの好きな人って誰なの?」

美夜ちゃんと別れたあとの帰り道、勇気を振りしぼって聞いてみた。これじゃまるでえっちゃんに恋をしているみたいだ。それくらい、わたしはガチガチに緊張していた。おかしいの。

「霧島千尋」

冗談みたいな返事が、冗談みたいなトーンで返ってきた。

「え……?」

「冗談だよ」

「ええっ！」

「えー？」

笑っているからぜんぜんわからない。うそなの？　本当なの？

ウケないっ。そう文句を飛ばすつもりだったのが、ダメだった。

「ウケた？」

「冗談じゃなかったら、もっとウケる？」

振り返ったえっちゃんの顔、夕日が逆光になっているせいでよく見えない。

「えっちゃんっ……」

「黙っててごめんね。べつに隠すつもりはなかったんだけど、あたしみたいなパーフェクトな女があんなしょうもないヤツに恋しちゃってるとか、ちょっと認めたくないじゃん？」

どちらからともなく歩みを止めていた。近くで見たえっちゃんの顔は、どこかしゅんとしていて、どうにも愛おしく思えてしまった。自分のことパーフェクトとか言っちゃうわりにこんな顔をする。ああ、ずっとえっちゃんのこと大人っぽくてかっこいいって思っていたけど、違った、えっちゃんも普通の女の子なんだ。そうだよ。恋をすると、みんなそう。甘酸っぱい。きゅんとする。

えっちゃんに、幸せな恋をしてほしい。

「ちーくんは、優しいよ！　かっこいいし、かわいいし、面白いし……かわいいし……」

「かわいいって二回目じゃん」

いつも真っすぐ前を向いている強い瞳がきゅっとすぼまった。

「知ってるよ。霧島が腹立つくらいいいヤツだってこと」

「うん、うん！」

ああ、言ってしまいたい。もどかしい。言いたい、ちーくんもえっちゃんのことたぶん好きだよって！　でも、そういうお節介は、えっちゃんは嫌うだろうな。

「あんこと霧島って似てるね」

ゆったりと歩きだしながらえっちゃんは言った。すっかり履きつぶした、ふたりのローファーが道路をこする。

「ふたりとも超のつく鈍感」

「ええ、なにそれ？」

「あんたたちは、同じ環境で育ったんだね」

どこか切なげにえっちゃんは言った。わたしは「ただの幼なじみだよ」と答えた。

男女の幼なじみって、はたから見ると不思議な関係なんだと思う。だからこそ、えっちゃんに余計なことは考えてほしくなかった。

「そうだねえ。あんこは初めっから本城のことしか見えてないもんねえ？」

からかうように言われたけど、それだけの響きとは違ったふうに聞こえた。

えっちゃんと、ちーくん。ただ仲良しに見えるふたりもまた、いろんな問題を抱えているのかもしれない。いつか、聞きたい。ふたりが本当に付き合うようになる日が来たら、お互いどんな思いを抱えながら恋をしていたのか、聞いてみたい。


二月二十七日に終わった。わたしの戦争が。受験という名の、それはたぶん人生最大の戦争だった。センター試験の自己採点ではB判定までもってこれた。でも二次試験はかなり難しかった。受かっているのか、正直わからない。

それでも、やりきった。これまでもこれからも、大学受験以上になにかを頑張ることってきっとないと思う。燃えつきた。いや、燃えつきたらダメだけど。でもほんとにそれくらいの気持ちだった。受かっていても、落ちていても、ひとつの後悔もない。

合否が判明しないまま迎えた三月一日。二次試験のたった二日後に、卒業の日はやってきたのだった。

「あんこっ。写真撮ろうぜ！」

受け取ったばかりの卒業証書でぽこんと小突《こづ》かれた。振り返らなくても誰なのかわかる。

「わ、ち━くんがちゃんと制服のジャケット着てる！」

「卒業式くらいはな？　ビシッとキメてえじゃん」

「まあ先生がうるせえだけだけど」と、ち━くんは付けたした。ち━くんにあまり着てもらえなかったジャケットは、まるで新入生のものみたいにぱりぱりだった。かわいそうなジャケット。だってどうにも似合わないよ。ち━くんにはやっぱり校則違反のパーカーのほうがしっくりくるね。

「ち━くん、ネクタイ、誰にもあげないの？」

なんとなく聞いたテンプレの言葉だった。しかしち━くんは神妙な顔つきになり、
ああ、と短く声を出した。

「じつは五組の山田《やまだ》さんにくれって言われてさ、ぜんぜんよかったのに、なんとなく、ごめんって言っちまった」

言いながら頭をかく。そしてさんざん悩んだように目を泳がせると、

「……荻野に、いやがらせで、押しつけてきてやろうかと思って」

と、ものすごく小さな声で言った。こんなことを言うのはじつに不本意だっていうふうな言い方だった。

口がまぬけにぽかんと開いたまま、ふさがってくれない。

「……なんだよ？」

はっとする。思わずその肩を掴み、ゆさゆさと前後に揺さぶった。見かけよりずっとたくましい感触に、ち―くんも大きくなったのだと姉のような気持ちになった。

「ねえ、ち―くん、それって、それって、もしかして」

「あ？　ばか、早まるな、なんの意味もねえよ！　つうかいやがらせだっつってんじゃん！」

顔、真っ赤だ。やっぱりち―くんは、わたしのかわいい、大切な幼なじみだよ。

「荻野には、すげえ……世話になったし」

ち―くんがぽつんと言った。面食らった。ほんとに絶句《ぜっく》した。まさかち―くんの口からそんな言葉が出てくるとは思わなかった。えっちゃんの、いじわるの中にあるたしかな愛を、ち―くんはちゃんと感じ取っていたのかもしれない。

「そうだよ、荻野にはすげえ世話になったからさ……、あんこがな？」

え？

「わたしっ？」

「うるせえ、写真撮るぞ！」

ち―くんが近くにいる男子生徒に声をかける。通りがかった人が当然のように友達なことにち―くんの顔の広さを知る。きっと数えきれないくらいの友達がいるこの男の子に、幼なじみとして大切にしてもらっていること、物心ついたころからずっとそれが続いていること、あらためて幸せに思った。卒業しても、ずっと、変わらずにいたい。

「おう霧島、そこどけ」

どこからともなく現れたえっちゃんが、いきなりちーくんのふくらはぎをドカッと蹴った。

「おっまえ、なにすんだよ、エースストライカーの脚だぞ！」

「あんこ、写真撮ろう、写真。かわいく撮れるアプリいっぱいあるよ」

「無視かっ！」

「あ、霧島、カメラマンやって」

こんな日までぎゃあぎゃあ言い合うふたりを眺めながら、これは長期戦になりそうだな、と微笑ましい気持ちになった。ずっと見守っていきたい。これからも、わたしが、ふたりのいちばん側にいたい。

「ねえ見て、これ、あんこ半目になってるじゃん！」

五十枚は撮ったんじゃないかってくらいの写真を見ながらえっちゃんが笑う。美人で小顔でスタイルのいいえっちゃんの隣に並ぶと、ただでさえわたしは寸胴で幼児体型な童顔なのに、こんなのってあんまりだ。

「やだ、消してよ！」

「本城に見せたいなあ、これ」

えっちゃんはニヤリと笑った。

「ダメだからね！　それだけはぜったいにダメ！」

ほんとにいじわるだ！　美人がもったいないくらいのいじわるだ！

でも、えっちゃんほどわたしのことを考えてくれる人はきっといない。苦しいときにいっしょに悩んでくれる、間違えたときに真摯に叱《しか》ってくれる友達は、なかなかできないものだよ。

「あ、いたいた、安西ちゃーん！」

消して、消さない、とスマホをえっちゃんと奪いあっていたとき、ふいに名前を呼ばれた。振り向くと、そこには文化祭のときの大道具組が勢ぞろいしていた。

「ねえ、せっかくだしみんなで写真撮ろうよ！」

文化祭準備期間の楽しかった思い出がいっきによみがえった。あ、卒業するんだなってことを実感して、なぜかこのタイミングで泣きそうになってしまった。

〝安西ちゃん〟、普段あまりない呼び方をしてくれたから、すごく新鮮で、楽しい仲間だった。シンデレラにはなれなかったけど、文化祭はほんとにいい思い出ができたんだ。

やがて、グラウンドのあらゆる場所で行われていた撮影会も一段落つき、気づけば校庭から人が消えつつあった。ちょっと焦った。まだ、いちばん話したい人と話していない……。

しかし、さすが三年間で鍛えあげられたわたしの両目は、この広い校庭の中でもすぐにその姿を捉えてくれた。

まだ帰っていない。いた。よかった——本城くん。

「本城夏生くんっ」

名前の主は少し肩を跳ねさせると、はっとしたようにこっちを振り返った。日の光を浴びたその男の子は、少し驚いたような顔をしていた。

あ、好き、って思う。どこがって、いちいち列挙《れっきょ》なんかしていられない。だって、好きじゃないところ、ひとつだってないのだ。きっと理屈《りくつ》じゃない。この気持ちはもう、どうしようもないよ。

「お、おは、お話がありますっ」

いやだな。いきなりどもっちゃうし、声はひっくり返ってるし。今日もかっこ悪いや。ビシッと決めたいと思っていたんだけどな。

十五メートル先にいる本城くんは、目を細めてわたしを見つめると、ちょっと笑った。いっしょにいた守田くんと野間くんになにかを話すと、わたしのほうに駆けよってきてくれた。

ああ、近づいてくる。

あと十メートル。五メートル。四、三、二……。

「安西さん」

相変わらずきれいに走るなあって。ただ小走りしてやってきただけの彼にすら見とれて、わたしは次の言葉を忘れてしまう。

「よかった。このまま話せなかったらどうしようって、ちょっと思ってた」

黙っているわたしの代わりに、口を開いたのは本城くんのほうだった。優しくて低い声、やっぱり好き。

「あの……」

「うん」

わたしの瞳を覗きこみながら、本城くんが少し首を傾げる。人の話を聞くときに彼がするこの仕草、かわいくて、すごく好き。

「受験、頑張ったの、わたし。正直、受かってるかはわかんないけど、今までていちばん頑張ったし、やりきった……と、思う」

「うん、すごいよ、それって」

「あのね、だから」

顔を上げた。その先には、もう、すぐ近くに大好きな人がいて、優しい眼差しを向けてくれていて、息が止まりそうになった。

やわらかそうな黒い髪。彼の小麦色の肌を撫でるそれが好きで、いつか触れてみたいと思っていた。

「……だから、その」

「うん」

「わたしね……本城くんに言いたいことがあって」

「うん」

ああ、どうしよう。なにも言葉が出てこないや。伝えたいことはたくさんあるはずなのに、なにひとつとしてうまく言葉にならない。喉が震えてくれない。

ざあっと風が吹く。春を感じさせる空気が頬を撫でていく。同時に舞いあがったわたしの中途半端な長さの髪が、みごとに口の中へゴールした。やだ、よりにもよってこのタイミングで髪の毛食べちゃうなんて……。

払おうと顔を上げた瞬間、わたしの頬に触れたのは別の指だった。

「髪、食ってる」

その瞬間、胸の真ん中で気持ちが爆発するのが自分でもわかった。本城くんの大きな手、好き。

好きだな。本城くんのぜんぶが、どうしようもなく。

「ずっと……遠くから見てるだけでいいって思ってた。本城くんのぜんぶ、べつに、わたしのものにならなくてもいいって。でも、どんどんわがままになって、いつしかわたし、本城くんのこと、ひとり占めしたいって思うようになってた」

わたし、今、ちゃんとしゃべれてる？

「その優しい声も、大きな手も、日焼けした肌も、真っすぐの黒髪も。笑った顔も、ちょっと変な癖も……ぜんぶ、ぜんぶ」

「うん」

涙がこぼれていた。なんの涙かは自分でもよくわからなかった。

ただ、わたしの体ではもう、この大きすぎる気持ちを支えるのは無理そうだってことは、なんとなくわかった。

「わたし、本城くんが、好きです」

ああ、やっと、やっと、言えた。

声は震えていないかな。ちゃんと、伝わっているかな。

「うん」

本城くんはうなずいた。

「本城くんのこと、ずっと、好きでした」

「うん」

「初めて見たときから、ずっと……」

「うん」

涙が止まらないよ。次こそは笑って言おうって決めていたのにな。やっぱりダメだ、わたしって。

「もう、どうして『うん』しか言わないのっ」

「うん、ごめん」

本城くんが笑う。そのきれいな指がわたしの目尻に優しく触れて、そっと涙をすくう。

「俺も、安西さんのぜんぶをひとり占めしたいって思ってる。笑った顔も、泣いた顔も、そのまつ毛の一本でさえ……まばたきのひとつでさえ」

ずっと、本城くんの見ている世界に住みたいと思っていた。今、わたしは、その優しい眼差しの中に映っている。不思議だね。少し前まで、この優しい瞳に映りこむこと、奇跡みたいに感じていたのに。

ふいに、本城くんは眉を下げ、困ったように笑った。

白い八重歯が見えた。ああ、そうだ。彼が笑ったときに見えるこの輝きが、わたしは、たまらなく好きなのだ。

「俺も、安西さんが好きです」

「あ……」

「だから、これからずっと俺の側にいてほしいと思ってるんだけど……どうかな」

本城くんらしい言葉。胸のあたりがくすぐったい。

自分に自信は……まだ少し、足りないかもしれないけど。でも、もう、十分だ。好きな人が、自分を好きでいてくれる。そんな最高にミラクルなことをわたしは手に入れているのだから。

「はいっ。ふつつかものですがよろしくお願いしますっ」

「……ぶっ」

「え!? なんでここで笑うの？」

「いや、ごめん。なんか安西さんらしいセリフだなと思って」

本城くんがあんまり笑うので、わたしもつられて笑った。こんなに幸福な時間、世界中のどこを探しても、きっと見つからないと思う。

「ちょっと歩こう」

いきなり、本城くんがわたしの手を取った。ぎょっとした。いくら減ってきているといったって、まだまだ卒業生はいるというのに！

守田くんと野間くんがこっちを見て騒いでいる。本城くんは顔の前に空いている右手をもってきて、ふたりに向かって「ごめん」のポーズをする。なにがゴメンなんだと思っていると、遠くのほうから「抜けがけだ！」という笑い声が聞こえた。恥ずかしくて死ぬかと思った。

「ほ、本城くん、なにしてるの……？」

「なにって、凱旋《がいせん》」

本城くんはとても涼しい声で言った。

「凱旋!?」

「うそうそ、冗談だよ。こうやって制服着ていっしょに歩くチャンスはもうないから、今のうちに堪能《たんのう》しとこうと思って」

たしかにそうだ……と納得して、寂しくなってしまった。制服姿の本城くんは、これでもう見納《みおさ》め。恥ずかしいのをこらえて手のひらにぎゅっと力をこめた。

「でも、安西さんのこと、俺の彼女だって世界中に自慢したい気持ちはほんとだよ」

心臓がいくつあっても足りないよ！　そんなことを不意打ちで言われて、わたしばっかりどきどきさせられて、なんだか悔しい。

本城くんは本当に学校の敷地内を歩きまわった。待ちかまえていたえっちゃんとちーくんにはこれでもかってくらい冷やかされ、たまたま鉢合《はちあ》わせた、ぜんぜん面識のない陸上部の人たちにもからかわれた。

でも、みんな、おめでとうと言ってくれた。祝福してくれた。恥ずかしかったけど、それがほんとに嬉しかった。

ああ、わたし、本当に本城くんと付き合っているんだな。祝福される恋をしているんだな。

「そういえば、ちなみになんだけど」

ふたりで歩いている途中、ちょうど武道場の裏に差しかかったあたりで、本城くんが思いだしたように声を上げた。

「すごい愚問《ぐもん》かもしれないけど、初めて見たときから俺のこと好きだったって言ってくれたろ。それっていつだった？　三年に上がってから？」

「え！　そ、それはべつにいいんじゃないかなあ……」

さすがに言えるわけがない。一年生のときから片思いしていたなんて、優しい本城くんですらきっとドン引きだよ。

「知りたい、いつ？」

それでも本城くんはあきらめなかった。どうやらけっこうな重要事項《じゅうようじこう》らしい。どうして？

「その……あれは一年生の夏ごろでしたでしょうか……」

少しかがんでわたしの顔を覗きこんでくる優しい瞳に、わたしが勝てるはずなどなかった。おずおず口を開いたわたしの言葉を聞くなり、本城くんは目を丸くした。

「え、そのころ、なんかあった？」

なにもないから言いたくなかったのだ。勝手に、わたしが一方的に、あなたを見ていただけだ。

すぐ側にある日焼けした顔は驚いたのを隠そうともしない。まじまじとわたしの顔を見つめてくる視線から逃げてしまいたい。

もう消えたい……といよいよ思ったころ、本城くんは笑った。息を吐く、独特《どくとく》の笑い方。優しい笑い方だ。

「でも、だったら、俺のほうが早い」

え？

「それってどういう……」

「たぶん、俺のほうが先に安西さんを好きだった」

うそだよ。ぜったいにうそ。そんなことあるわけない。だってわたしたち、三年生に上がって初めて、同じクラスになったわけで。それまでに接点なんてひとつもなかった。本城くんに見つけてもらえるほど、わたしは目立つような生徒でもなかった。

「ぜ、ぜったいうそ……」

「本当だよ。前に言ったことあるだろ？　自分でもびっくりするくらい長い間好きな子がいるんだって」

「え……」

それって、わたしのことだったの？　うそでしょう？　ほんとに？　なんで？

「じゃあ、じゃあ、いつなの、言ってよ、そうじゃなきゃ信じない」

「言わないよ。恥ずかしいし」

「それってちょっとずるいんじゃないかなあっ？」

ぜんぜん知らなかった。軽快に笑う横顔を盗み見て、なんだかすっかり負けたような気分になってしまう。まあ、最初から、負けっぱなしか。

「いつからだって、俺が安西さんを好きなことに変わりないよ」

本城くんがかっこいいことを言った。でも、なんとなく、これって上手いことはぐらかされたような気がする。

「だから、大丈夫だと思ってる」

自然と足が止まる。見上げると、本城くんはすでにわたしを見下ろしていて、視線が優しく絡《から》まった。

「距離が離れても、俺の気持ちはぜったいに変わらないよ」

「あ……」

春から、本城くんは東京の大学で、もしも合格したらわたしは地元の大学で。そうか、わたしたち、これからすぐに遠距離恋愛が始まるのだ。ずっと片思いで、やっと実ったと思ったらいきなり遠距離恋愛で、なんだかこんなのってあんまりだ。

「うん……わたしも」

言葉が尻すぼみになる。徐々にうつむきがちになってしまう。不安だって顔を見せたくなかった。

そう、不安、なのだ。本当は寂しい。不安で仕方ない。ほんとは、もっと、近くにいたい。大好きな本城くんといつもいっしょにいたい。

「安西さん」

「え……」

ふと、やわらかく、それでいてゴツゴツしたものが頬にさわった。本城くんの大きな手のひらだった。顔を上げる——上げた、つもりだった。

気づけば、両頬を抱えるようにして包みこまれながら、本城くんの香りを直に感じていた。暖かいにおい。本城くんは、陽だまりのにおいがする。

ゆっくりと目を閉じる。やがて暗転した世界の中で、わたしは今、たしかに本城くんだけを感じていた。彼の胸のあたりをぎゅっと掴む。ああ、このまま、死ぬまで離れたくない。離したくない。離してほしくない。

優しい力で押しあてあっていた唇がゆっくり離れると、どうにも照れくさくて、今度は別の理由で顔が上げられなかった。

「……そんな顔されると、無理やりにでも連れていきたくなる」

本城くんは今までいちばん切ない声で言った。

「連れてって、ほしい」

わたし、どうしてこんなにも大胆になれちゃうんだろう？

本城くんが眉を下げて笑い、「連れていくよ」と言った。

「どこまでも連れていくつもりだから、その気でいて」

なにか、目の前でとてつもない輝きが弾けるのがたしかに見えた。わたしたちが交わってこなかった時間よりもずっと大きな、きらきらしている、これは、未来だ。本城くんとの未来だ。

「安西さんが好きだよ」

肩をすくめ、日焼けした顔が照れたようにほころんだ。

「もう、何回だって伝えていいんだな」

春の陽の下、柔らかい光を浴びる本城くんを見上げながら、どうしようもない愛おしさが込みあげてきた。

好き。

大好き。

このどうにも大きすぎる気持ちを、これからは、どれだけでも伝えられるんだ。

きっと本城くんはぜんぶを受け止めてくれる。

「本城くん」

きらめく春の風の中で、本城くんの両目がわたしを優しく見下ろした。気持ちが自然に溢れでてくる。心をそっと、しかし強く、持ちあげる。

「好きです」

「うん」

「ずっと、好きだったよ」

「うん」

よかった。今度は泣かずに言えた。何度目かの告白にしてようやく目標達成だ。

ほっと胸をなでおろしていると、ふいに本城くんが短く息を吐いた。顔を上げると、目が合った。本城くんが目を細めて首を傾げる。とびきり甘く微笑んでくれている。

「……やっと、笑って言ってくれた」

「え……」

「安西さんいつも泣いてたから。ずっと、笑って、好きって言ってほしいと思ってた。だから嬉しい。ほんとに嬉しい」

胸の奥がぎゅうっと苦しくなる。心臓を直接掴まれているみたい。苦しいけど、そ